In Bewunderung für den Lebensmut von Anni Margot

Anni Margot Skorupa &
Ingrid Ursula Stockmann

Annis gestohlenes Kindheitsglück

Kinder! Seid ihr auch alle Kinderchen?

Mit Ausführungen über das Leben der Autorin
in lieber Erinnerung von Tochter Ingrid

Anni Margot Skorupa & Ingrid Ursula Stockmann
- Annis gestohlenes Kindheitsglück -

1. Auflage (25. Oktober 2021)
ISBN 978-3-96692-067-4
©2021
Verlag & Gestaltung:
Stockwärter Verlag, Halle (Saale), Bernd Stockmann
Druck & Herstellung:
BoD - Books on Demand GmbH, Norderstedt

Gier wird zum Verzerr-Spiegel für die Realität.
Zeit füreinander ist Lebenselixier.
(Dr. Ingrid U. Stockmann)

Der Wundertrank[1]

Anni Margot Skorupa (1965)

Mich deucht,
man sollte eine Mixtur erfinden,
nach deren Trank
alle schlechten Gedanken
wie böse Scheusale entschwinden.

So etwas sollte man
den Machthabern in den Kaffee tun,
so dass sie künftig
alle Schlechtigkeiten
lassen ruh'n.

Trinkt so einer
lieber ein Glaserl Wein,
dann tut man eben
dort ein Quäntchen hinein.
Von so einem Trank
soll er sich laben

---

[1] Ingrid Ursula Stockmann & Anni Margot Skorupa: Auf Nilpferde hört man nicht, BoD Norderstedt, 1. Auflage, 2015, S. 197.

und sollte nie genug
davon haben,
so dass ihm deucht,
alles, was da kreucht
und fleucht,
benötigt mehr Liebe
und nicht tödliche
Hiebe!

Vorwort

Anni Margot Skorupa

Im vorigen Jahrhundert schaltete ich den Fernseher an und hörte gerade noch, als Walter Ulbricht (Politiker der DDR), diesen Satz zu den vielen Kindern sagte: „Kinder! Seid ihr auch alle Kinderchen?"

Sicher war er überwältigt durch den Anblick der vielen lieben Kinder, dadurch dieser Versprecher; offensichtlich wollte er die Bestätigung bekommen, dass sie liebe Kinderchen sind. Ich musste über diesen Versprecher herzlich lachen.

Aber: Bei reichlicher Überlegung muss ich sagen, dass die Bezeichnung „Kinderchen" nicht für jedes Kind stimmt(!), denn durch das Verschulden vieler Machthaber wird die Kindheit erheblich verkürzt. Sie, die kleinen Wesen, erfahren oftmals viel Leid und haben keine Zeit, das Leben zu genießen, deswegen fließen öfter Tränen; die Verantwortlichen sollten sich deshalb schämen!

Leider gibt es viele kleine Erdenbürger, die sich in zartem Kindesalter schon behaupten müssen, die ihre Kindheit nicht genießen können.

Bezüglich der Beispiele kann ich in meine eigene Herkunftsfamilie sowie auf mich selbst schauen und erzählen.

Kinder!
Seid ihr auch alle Kinderchen?
(Zitat: Walter Ulbricht)

Meine Schwestern Lilo-Fee und Irmela

Die kleine Lilo-Fee wurde im Dezember 1922 geboren. Eigentlich hatten sich die jungen Eltern einen Sohn gewünscht, der kam aber erst nach mir, dem dritten Mädchen, zur Welt. Erst einmal waren wir das „Drei-Mädel-Haus".

Die kleine Lilo sah allerliebst aus mit ihren blonden Schillerlocken. Meine Mutter war richtig stolz auf sie. Lange konnte sie sich über die Lockenpracht der hübschen Tochter nicht freuen ...

Der jungen Familie ging es trotz Wirtschaftskrise noch relativ gut. Auch die Herkunftsfamilie meines Vaters hatte ihr Auskommen. Die Eltern meiner Mutter lebten nicht mehr. Der Großvater vs. war ein Schuhmacher und fertigte sogar orthopädische Schuhe an. (Als Schulkind hatte mein Vater öfter mal die Schuhe absichtlich verloren, damit sein Freund sie finden sollte, um in der kalten Jahreszeit nicht barfuß laufen zu müssen. Der Vater fertigte dann neue Schuhe für seinen Sohn Otto an.)

Das Familienglück war von kurzer Dauer, denn der junge Vater wurde 1924[2] aus politischen Gründen erstmals inhaftiert. Er fungierte als Propaganda- und Kulturleiter einer Ortsgruppe der KPD in Tangermünde, seit Gründung dieser Partei. Bei einer Protest-Versammlung, die verboten war, hielt er eine Rede vor dem Rathaus.

Die kleine Tochter war fast noch ein Baby. Elly, die junge Mutter, musste nun den Lebensunterhalt selbst bestreiten. Damit die

---

[2] Im Jahre 1924 waren zu diesem Zeitpunkt die KPD und die NSDAP verboten und Hitler kam in diesem Jahr nach Landsberg in Haft, wo er an dem Buch „Mein Kampf" schrieb.

kleine Lilo trotzdem nicht allein sein sollte, bat sie die jüngere Schwester von Otto um Hilfe. Martha war selbst noch ein Kind. Sie spielte Friseur und schnitt die Lockenpracht ab. Elly war traurig darüber, denn die Locken wuchsen nicht nach und die Haare wurden dunkler. Als ich geboren wurde, hatte Lilo schwarzes Haar.

Nach sechs Wochen Haftzeit konnten sich Elly und Otto wieder lieben. An Stelle eines Buben wurde Irmela im März 1925 geboren. Zu dieser Zeit wohnte die junge Familie im Postgebäude in der Langen Straße in Tangermünde. Beide Eltern mussten Geld verdienen; dadurch waren die kleinen Töchter oftmals allein zu Hause.

Die lebhaften Mädchen lagen im Bett und schliefen friedlich. Meine Mutter nutzte die Zeit, um wichtige Dinge zu erledigen. Als sie nach getaner Angelegenheit zurückkehrte, saßen die Mädchen auf dem Fensterbrett in der Küche.

Lilo-Fee war inzwischen zwei Jahre, zwei Monate und 17 Tage alt geworden. Sie freute sich über das kleine Kindchen, das plötzlich da war. Ganz zeitig entwickelte sie schon für die kleine Irmela Muttergefühle. Lilo beschützte das Schwesterchen und brachte dem Mädchen auch „dumme Sprüche" bei, die sie irgendwo aufgeschnappt hatte.

Die beiden Mädchen waren nicht nur sehr lebhaft sondern auch erfindungsreich. So manches ging beim Tollen in die Brüche. Eines Tages fiel eine sehr schöne Tischuhr herunter und zerbrach in tausend Stücke. Sie besorgten Schnellkleber und reparierten die Uhr, was sehr schwer war, denn die Uhrumrahmung war eine Eule aus Keramik.

Das dritte Mädchen

Im Jahr 1925 bekamen meine Eltern die Genehmigung für ein Wandergewerbe, welches trotz der Wirtschaftskrise bis Ende 1932 gut lief. Ich wurde am 02.11.1928 geboren, erlebte dieses Gewerbe als ein kleines Kind, und ich kann mich noch sehr gut an damals erinnern.

Auf dem Lande wohnten zu dieser Zeit Bauern, aber auch sehr arme Menschen, die kein Geld besaßen. Meine Eltern bekamen deshalb oftmals Eier oder andere Produkte für die Waren. Manchmal legte meine Mutter Eier auf den Grudenspeicher. Ich war entzückt und beglückt, wenn wunderschöne, gelbe Küken sich durch die Eierschale pickten. Als Sensation empfand ich es, als die kleinen Wunderwerke der Natur über den Hof liefen. Voller Begeisterung gesellte ich mich zu ihnen. Durch diese Ereignisse war die Liebe zu den Tieren das schönste Geschenk für mein Leben.

Eines Tages hielt ein kleiner Lieferwagen vor unserem Geschäft, das mein Vater persönlich aufgebaut hatte, denn in dem Vorort von Tangermünde, den die Einwohner liebevoll und scherzhaft „Kleinasien" nannten, gab es keine Läden, also keine tägliche Versorgung mit Waren jeglicher Art. Auch dieses Geschäft lief sehr gut; meine Eltern waren sehr großzügig und verschenkten viele Lebensmittel und Kleidung, Wäsche und andere Dinge, um die Not der Mitmenschen zu lindern. Kaum war die Tür des Lieferwagens geöffnet, rannten quietschend zwei Ferkel davon. Die Nachbarn wurden durch das Gequietsche aufmerksam und rannten hinter diesen kleinen Ausreißern her. Das Muttertier war noch im Lieferwagen eingesperrt und machte Rabatz, weil es seinen kleinen Zöglingen nicht nacheilen konnte. Kräftige Männer verfrachteten die Sau in den Stall hinter dem Haus.

Inzwischen wurde eine tolle Jagd nach den Ferkeln veranstaltet, die in verschiedenen Richtungen Reißaus nahmen. Frau Fiß hatte ein Schweinchen erwischt, was ihr sofort wieder entglitt, denn so lebhaft war es. Ich staunte darüber, wie schnell sie ihre kleinen Haxen bewegen konnten. Flink rasten sie die Treppe hoch zum „Schottberg", eine kleine Siedlung der armen Leute. Einige schöne Häuser gab es auch dazwischen für besser Betuchte. Die Dienstboten lebten in einfachen Holzhäusern. Die Jagd nach den quirligen Ferkeln wirkte sehr lustig für mich. Am liebsten hätte ich mich an der Hatz beteiligt, aber ich war ja noch ein Winzling. Enttäuscht schaute ich auf meine kleine linke Hand.

Zu dieser Zeit ging die kleine Lilo-Fee bereits in die Schule. Irmela wurde von der Oma Seeger betreut, um mich kümmerten sich die Nachbarn in Klein-Asien.

Kein Knabe

„Bringt uns der Storch
einen Buben ins Haus,
so drollig und so nett,
dann nehmen wir
ihn in den Arm.
Wir nehmen ihn mit
ins Bett!
Wir herzen und
wir küssen ihn.
Wir haben ihn
so lieb!

Ich bin Mama,
du bist Papa,
unser kleiner Racker
ist da!"

„Storch, Storch, du Bester,
bring mir eine Schwester."

„Storch, Storch, du Guter,
bring mir einen Bruder."

Dies war meine Version als Hörfehler:

„Storch, Storch Esther,
bring mir eine Schwester."

„Storch, Storch Luder,
bring mir einen Bruder!"

Meine Eltern wünschten sich einen Knaben, den wollten sie unbedingt haben. Elly sang mit ihrer schönen Altstimme:
„Bringt uns der Storch einen Buben ins Haus, so drollig und so nett, dann nehmen wir ihn in den Arm und nehmen ihn mit ins Bett. Wir herzen und wir küssen ihn, wir haben ihn so lieb. Du bist Papa und ich Mama, ach wir haben ihn sehr lieb!"

Aber, oh Schreck und Graus, es kam noch ein Mädchen ins Haus. Dieses Mädchen war ich. Irgendwie spürte ich Ablehnung und schrie bis zum frühen Ende ...

„Schnell, schnell, das Kind soll leben." Nach anstrengender Wiederbelebung pochte mein kleines Herz wieder. Die Hebamme hatte prophezeit, dass dieses Kind nicht alt wird. Trotzdem bin ich inzwischen 88 Jahre alt, und ich finde das Leben noch sehr interessant und lebenswert. Zwar hat mich der Sensenmann schon öfter besucht, aber im letzten Moment springe ich ihm von der Schippe, trotz vieler Zipperlein; das finde ich fein.

Eigentlich wollte ich von meiner Schwester Lilo berichten, aber die Erinnerungen haben mich übermannt.

Lilo-Fee

Bevor der Ernst des Lebens sie überforderte, war sie das süße, kleine Mädchen mit wundervollen, blonden Schillerlocken und strahlend blauen Augen. Als die winzige Irmela geboren wurde, war sie begeistert von der kleinen Püppi, denn sie passte in einen Schuhkarton, hatte die Mutter später erzählt. Wenn die Kinder allein waren, übernahm Lilo schon die Rolle einer kleinen Mutti für das niedliche Schwesterchen.

Eines Tages hatte die Mutter sich verspätet und die Kinder bekamen Hunger. Lilo kletterte auf einen Stuhl und holte aus dem Küchenschrank Zucker; damit fütterte sie die Kleine. Ein anderes Mal wollten sie schauen, ob die Mama bald käme. Das Fenster war geschlossen und mit Bindfäden abgesichert. Aber es war genug Kraft in den kleinen Händen, um das gesicherte Fenster zu öffnen.

Sie setzte sich aufs Fensterbrett und ließ die Beine rausbaumeln. Irmela krabbelte hinterher. Lilo half der kleinen Schwester, dann saßen sie nebeneinander.

Als die Mutter ihre kleinen Mädchen am offenen Fenster sah, fiel sie beinahe vor Schreck um. Leise schlich sie sich an die Töchter heran und zog sie behutsam an sich. Sie dankte Gott, dass er die Kinder durch einen Schutzengel hat behüten lassen.

Meine ersten Erinnerungen

Von meinem missglückten Start ins Leben habe ich schon geschrieben. Im Kleinkindesalter, bis zu den ersten Schritten im Leben, war das Umfeld für mich bereits interessant. Das erste Erlebnis, an welches ich mich erinnere, war schon erstaunlich für mich. Meine Mutter hatte mich auf dem Arm und sie schaute nach, wie weit mein Vater mit dem Ausbau des „Tante-Emma-Ladens" gekommen war. Es fehlten noch die Fußböden, Fenster und Türen.

Die zweite bewusste Wahrnehmung: Fenster, Türen und Fußböden waren installiert, auch der Tresen war schon fertig, aber es fehlten noch die Waren zum Verkauf. Der Kinderwagen, in dem ich lag, stand vor dem Tresen. Rechts unterm Fenster befand sich eine Kommode. Das Fenster war abgedunkelt. Meine Mutter nahm mich aus dem Wagen und setzte sich mit mir auf eine Bank, die draußen vor dem Ladenfenster stand. (Ich konnte schon sehr zeitig Gesichter unterscheiden und wusste, ob die Personen Fremde sind oder zur Familie gehören.) Darauf saßen schon eine Nachbarin (Frau Fiß), eine Frau (Ratzeburg) und eine fremde Frau; diese fragte meine Mutter: „Darf ich Margot mitnehmen zur Gaststätte?" Meine Mutter war einverstanden.

Zärtlich und voller Freude drückte diese fremde Frau mich an sich. Auch ich war darüber beglückt. Dann eilte sie mit mir über die Straße. Wir befanden uns am Tresen oder an der Theke des Lokals „Zum Karpfenteich". Die Wirtin fragte nach dem Wunsch des Kaufes. Die fremde Frau verlangte eine Tüte mit Bonbons, die sie mir dann reichte.

Es folgte die erste Enttäuschung in meinem Leben. Meine Mutter nahm mir die Tüte mit den Bonbons aus der Hand, legte sie auf die Kommode aus Essen und mich in den Wagen. Ich dachte: ‚Ein Bonbon hätte sie mir doch geben können.' Woher sollte ich als Baby wissen, dass ich noch viel zu klein für solche Leckerei war.

Später erfuhr ich, dass meine Mutter mit ihren Eltern zeitweilig in Essen gelebt hatte.

Bettzeug im Tante-Emma-Laden

Damals wohnten wir im Schützenhaus in der Stendaler Straße. Meine Eltern verdienten durch das genehmigte Wandergewerbe den Lebensunterhalt für die junge Familie. Die diversen Waren für den „Tante-Emma-Laden" waren schon bestellt. Also! Noch war der Laden leer.

Meine Tante Anni und Onkel Willy benötigten dringend eine Unterkunft. Als meine Eltern mit mir den Laden betraten, machten die jung Verliebten gerade eine übermütige Kissenschlacht. Sie konnten ja nicht ahnen, dass sie in der frühen Morgenstunde Besuch bekommen würden. Ganz verlegen und errötend zog Tante Anni das Federbett über sich.

Ich war sehr verwundert, dass das Bettzeug so liederlich auf dem Fußboden und vor dem Tresen lag. Meine Eltern fragten die beiden, ob sie mich betreuen könnten, weil sie Ware in umliegenden Dörfern verkaufen wollten. Anni und ihr Liebster waren einverstanden. Onkel Willy nahm mich in Empfang und verfrachtete mich gleich auf seine Schultern und sprang übermütig mit mir durch die Bettenpracht, wobei er wie ein Pferdchen wieherte. Nach der Tollerei legten sie mich in den Kinderwagen. Ich schlief sofort ein.

Inzwischen hatten sich Onkel und Tante angezogen. Als ich erwachte, staunte ich über die schmucke Uniform meines Onkels. Er trug einen schwarzen Anzug mit vielen blauen Knöpfen. Ich glaube, ich fand die vielen Knöpfe so interessant, dass dies der Grund war, dass ich anstatt mit Puppen zu spielen, lieber mit hübschen bunten bizarren Knöpfen spielte. Mir machte es auch Freude, verschludertes Garn wieder in Ordnung zu bringen.

Abbildung 1: Die Familie von Margots Vater Otto mit Bruder Willy und Schwester Martha, zu seiner Konfirmation, 1915.

Meine liebe schöne Mutter

Zwischen unserem Haus und den Ställen, Waschküche und Toiletten, befand sich noch ein Zwinger für Hühner, auch ein kleiner Pavillon hatte dort noch Platz. Meine erste Entdeckung dieser Art war, als meine Mutter Geburtstag hatte, das war am 4. Mai 1929, also wurde sie gerade 29 Jahre jung, was ich natürlich noch nicht wissen konnte. Ich war gerade 6 Monate und 2 Tage alt. Sie ging mit mir in den Hausgarten des Schützenhauses, der festlich gestaltet war. Der Pavillon war mit Birkengrün geschmückt. Dort standen viele runde, feierlich gedeckte Tische und Korbsessel, Korbhocker sowie Küchenstühle für die Gäste bereit. Auf einem Tisch stand schon eine Tasse mit dem noch dampfenden, heißen Kaffee. Blitzschnell bückte ich mich hinunter und wollte die Tasse ergreifen. Meine Mutter hatte es glücklicher Weise noch rechtzeitig verhindern können, denn sonst hätte ich mich verbrüht. Sanft zog sie meine Hand weg und klopfte leicht auf meine winzigen Finger. Ich war empört und klatschte mit meiner kleinen Hand ihr dreimal ins Gesicht. Damit sie nicht böse sein sollte, drückte ich meine Wangen zärtlich an ihr Gesicht und streichelte sie dabei. Sie trug ein wunderschönes neues Kleid und darüber eine neue Jacke. Das Haar war noch goldblond und sie sah wunderschön aus.

Das schöne Sommerkleid trug sie nur einmal, denn Lilo hatte es in kleine Fetzen geschnitten. Als meine Mutter nach mir sehen wollte, saß die kleine Lilo-Fee neben mir auf einem Stuhl und bemühte sich, ein Kleidchen für ihre Puppe oder gar für sich selbst zu nähen. Stoffreste von dem einst schönen Kleid lagen verstreut auf dem Fußboden. Meine Mutter war entsetzt, als sie die Stofffetzen betrachtete: aber blitzschnell kapierte sie, dass das Kind nicht aus böser Absicht Schaden angerichtet hatte.

Stolz empfing das Unschuldskind die Mama: „Gucke mal Mama, was ich schönes genäht habe!" Meine Mutter streichelte über das Kinderköpfchen ihrer Tochter. Diese hatte der Mami oftmals beim Nähen zugeschaut. Meine Mutter war zwar sehr traurig, dass sie dieses schöne Kleid nicht mehr anziehen konnte; es war eben bloß ein kurzes Geburtstags-Geschenk. Aber sichtlich froh war die liebe Mutti, sicher weil sich das Kind durch Nadel und Schere nicht verletzt hatte.[3]

---

[3] Dieser Text wurde durch mich mit den Aufzeichnungen meiner Mutter aus den 70er Jahren verglichen und durch jene ergänzt.

Lilos neue Mutterrolle

Lilo war ja inzwischen eingeschult worden und Irmela war viel bei der Uroma Seeger. Lilo passte häufig auf mich auf. In der Ferienzeit nahmen meine Eltern Lilo und mich mit in den Laden.

Meine Erinnerung: Lilo nahm mich aus dem Wagen heraus und lief mit mir vor das Haus. Es war ein herrlicher Frühlingstag, zartes Grün schmückte schon die Bäume und Wiesen.

Ein etwas debiler junger Mann fragte: „Lilo! Darf ich Margot in den Arm nehmen?" Kaum hatte sie Ja gesagt, drückte er mich hocherfreut an sich. Von diesem Augenblick an merkte ich schon, dass dieser liebenswerte Mann anders war als alle anderen Menschen, die ich kannte. Auch Babys registrieren diese Tatsache, aber als normal; sie staunen nur und entwickeln früh Verständnis für ihre etwas anderen Mitmenschen. Ich fand diese „Anderen" immer besonders liebenswert.

Jedenfalls entstand eine besondere Beziehung (Resonanz) zwischen uns. Mein Bewunderer hieß Karl-Erich Bose.

Als ich schon längst erwachsen war, woanders lebte, selbst schon eine Familie hatte, erkundigte er sich immer nach mir bei meinen Schwestern. So erging es auch mir. Wenn ich meine Schwestern in Tangermünde besuchte, und wir trafen uns zufällig, begrüßten wir uns freudig.

Das Leben mit meiner kleinen Ersatzmutter begann nun. Lilo nahm mich oft aus dem Wagen und schleppte mich herum. Vielleicht war ich für sie eine niedliche Puppe. Sie trug mich auch die vielen Treppen hoch zu unserer Wohnung im Schützenhaus.

In meiner luftigen Höhe konnte ich sogar die Schalter der Flurbeleuchtung erreichen. Aber Lilo passte auf und ermahnte mich: „Messer, Gabel, Schere, Licht, dürfen kleine Kinder nicht!" Darüber wunderte ich mich, denn ich war der Meinung, dass sie auch ein Kind sei. Sie knipste mit Selbstverständlichkeit das Licht an.

Ich war mit meinem Leben sehr zufrieden. Alle waren lieb und nett zu mir. Wenn meine beiden Schwestern mich spazieren fuhren, sah ich voller Begeisterung Häuser, Bäume und Wolken vorüberziehen. „Hau ab", riefen beide; gaben dem Kinderwagen einen Schubs, dass er schnell davonrollte. Danach riefen sie: „Komm her!", so hatten wir drei einen Riesenspaß.

Lilo war ungefähr sechseinhalb Jahre alt; ich wurde für sie immer schwerer. Ein Wunder, dass ich nie aus ihren Armen fiel. Lilo forderte mich auf: „Margot, stelle dich mal auf meine Füße!" Sie stellte mich vorher neben sich, hielt mich aber fest. Oh, welch eine Freude erfüllte mich. Voller Begeisterung stellte ich mich auf ihre Füße, dann lief sie vorsichtig ein paar Schritte mit mir. Ich dachte: „Man braucht ja nur die Füße zu bewegen und dann kann man schon laufen."
Ich lernte durch Lilo schnell laufen und vieles mehr. Dieser erste Erfolg machte mich richtig stolz. Im Sommer besuchte uns Tante Martha aus der Bahnhofstraße. Sie schob einen Kinderwagen. Neugierig stellte ich mich auf meine Zehenspitzen und guckte in den Wagen hinein. Ich erblickte ein Baby mit braunem Haar. „Oh! Ein Baby!", sagte ich. Dieses Baby war mein Cousin Horst. Er war zehn Tage älter als ich, was ich damals nicht wusste, und er konnte noch nicht laufen.

Eine Last für Lilo und Irmela

Allmählich wurde ich meinen Schwestern lästig. Dies ist verständlich, denn sie wollten mit anderen Kindern spielen. Für mich gab es viel Neues zu entdecken.

Einmal machten wir zu dritt einen weiteren Spaziergang zum Wiesenhaus in Bölsdorf. Es war ein hübsches Lokal mit Garten und Spielplätzen. Auf dem Rückweg trödelte ich. Meine kleinen Beine konnten nur kurze Schritte machen. Meine Schwestern wurden ungeduldig. Sicher hatten sie der Mutter versprochen, pünktlich zu Hause zu sein. Von Zeiteinteilung hatte ich noch keine Ahnung.

Auf einer Koppel, umgeben von Wiesen, Feldern und dem Flüsschen Tanger, weideten Pferde mit ihren Fohlen. Ich war begeistert und konnte mich nicht satt sehen; auch war für mich unbegreiflich, dass Lilo und Irmela meine Begeisterung nicht teilten. Sie waren ärgerlich, weil ich so weit zurückblieb. Sie machten eine tadelnde Bemerkung; darüber ärgerte ich mich und lief schmollend auf die andere Straßenseite.

Meine Schwestern begannen damit, mich absichtlich zu demütigen und zu ärgern. Heute sagt man wohl Mobbing dazu. Sie liefen im Gänsemarsch hinter mir her und sangen voller Inbrunst: „Patsch, patsch, Margot hat Plattfüße!" Wenn Hunde in der Nähe waren, sagten sie zu mir: „Margot, der Hund beißt dich!" Dann verkroch ich mich in die Kammer des Tante-Emma-Ladens und sie konnten endlich mit anderen Kindern spielen.

Ich liebte, d. h. ich begeisterte mich für Autos. Dazumal fuhren sehr wenige davon durch Tangermünde. War ein Auto in Sicht, dann riefen meine Schwestern mich herbei und sagten zu mir: „Margot, da kommt ein Autu." Erst als ich in die Schule kam, erfuhr ich, dass man nicht „Autu", sondern „Auto" sagt! Ich schämte mich deswegen sehr. Jede Beleidigung nahm ich ernst und litt mein Leben lang darunter. Die Angst vor Hundebissen verlor ich erst, als ich in Garlitz ein Pflichtjahr-Mädel war.

Schrecken, Leid und Glück

In der Nachbarschaft wohnten drei männliche Jugendliche. Auch diese versetzten mich in Angst und Schrecken. Abwechselnd zogen diese Sadisten ein großes Messer, und sie bedrohten mich: „Margot, wir schneiden dir jetzt die Ohren ab." Diese Drohung nahm ich ernst. Verzweifelt versuchte ich zu fliehen, um mich zu verstecken. Woher sollte ich als Kleinkind wissen, dass das ein grober Scherz war. Normaler Weise verspürte ich keine Angst, nur wenn ich bedroht wurde.

Eines Tages wurde das Schwein zum Schlachten abgeholt. Als es in den Transporter gescheucht wurde, schrie es verzweifelt. Mir tat das Tier sehr leid.

Das Fleisch wurde danach in der Waschküche verarbeitet, die Wurstmasse in Därme gepresst oder in Dosen eingefüllt, dann bei hoher Hitze gekocht. Der Fleischer verstand sein Handwerk, denn die Waren schmeckten sehr köstlich. Damals war es selbstverständlich, die besten Gewürze zum Verfeinern jeglicher Waren zu benutzen. Zum Teil wurden diese Produkte im Laden oder auf dem Jahr- und Ostermarkt verkauft.

Als ich neugierig in die Waschküche lief, fragten mich zwei junge Fleischergesellen: „Margot, möchtest du Würstchen haben?" Erfreut bejahte ich. Sie reichten mir einen Teller mit Wiener Würstchen; mit Appetit verzehrte ich sie.

Meine Eltern hatten drei Buden auf dem Marktplatz. Natürlich benötigten sie Hilfspersonal zum Verkauf. In der einen Bude wurden Kurzwaren diverser Art verkauft, in der anderen Fleischprodukte und in der dritten köstliches Eis. Die Eistüten hatten wunderschöne Formen. Muschelform, große und kleine Tüten, je nach Wunsch!

Lilo und Irmela waren mit mir auf dem Marktplatz. Sie setzten mich auf ein Kinderkarussell; mein Sitz war ein Pferdchen. Ich war hoch erfreut und genoss meine erste Rundreise. Oder war es ein Ritt im Kreis(?), denn ich saß schließlich auf einem Pferd.

Als wir an der Würstchenbude angelangt waren, fragte mich ein Verkäufer, ob ich Würstchen haben möchte. Natürlich bejahte ich. Es waren sehr viele Besucher auf dem Markt. Meine Schwestern hatten nicht bemerkt, dass ich stehen geblieben war, um den Teller mit Würstchen in Empfang zu nehmen. Ich sah nur noch große Beine neben mir. Meine Schwestern waren fort.

So langsam lichteten sich die Reihen der vielen Menschen. Es dunkelte schon. Endlich konnte ich die geschmückten Buden mit der bunten Beleuchtung mit meinen staunenden Augen betrachten. Ich wurde gesucht und auch gefunden. Ein Polizist nahm mich auf seine starken Arme und trug mich zu meiner Tante Martha.

Aus einem Hochstuhl zauberte meine Tante einen kleinen Sitz mit einem Tischchen davor. Der Polizist setzte mich hinein und verabschiedete sich. Meine Tante füllte einen Teller mit Grießbrei. Ich kann mich nicht erinnern, ob ich etwas gegessen hatte, denn ich schlief am Tischchen ein.

Am nächsten Tag wachte ich zu Hause auf. Ich war allein in der Wohnung. Im Laufe des Tages kamen zwei fremde Männer und stahlen Musikinstrumente sowie andere Dinge. Später erfuhr ich, dass diese Männer beim Verkauf auf dem Markt geholfen hatten. Durch die Suche nach mir waren sie abgelenkt worden und bemerkten danach, dass die Kasse geplündert worden war. Mein

Vater wurde somit finanziell geschädigt und konnte deshalb die Männer nicht entlohnen. Es war ein großer Verlust für meine Eltern. Sie hatten vorher viel Geld investiert. Die Männer fühlten sich berechtigt zu der Entnahme der Gegenstände aus unserer Wohnung.

Meine Mutter blieb danach einige Zeit bei mir. Lilo und Irmela durften mit mir nur noch spazieren gehen, wenn sie mich vorher in den Sportwagen setzten.

Das Jahr 1930

Das Jahr 1930 formte überwiegend mein Leben. Vieles war für mich verwunderlich, entsetzlich und erschütternd.

Weil mein Vater ein Funktionär, Agitator und Kulturleiter war, gestaltete sich mein junges Leben anders als es für Kleinkinder üblich war. Einesteils wurde mein Vater verehrt, zum anderen Teil aber von anderen Menschen verächtlich behandelt und gehasst, was sich auch auf seine Familie auswirkte. Der eine Nachbar war hinterlistig, der andere ein Verbrecher, der aber dafür später belohnt und als Opfer des Faschismus entschädigt wurde. Eigentlich gehörte ich zu den Opfern, wurde aber für meine Lebensauffassung in der Diktatur des Proletariats unterdrückt, was schon 1946, vor der Gründung der DDR, anfing.

Das Laternenfest! Ich vermute, dass dies am 1. Mai 1930 war. Es war schon dunkel; dann kamen viele Kinder mit ihren leuchtenden Laternen vorbei. Mir hatte man keine Laterne gegeben. Wahrscheinlich dachten meine Eltern, dass ich dafür noch zu klein war. Mein Vater stand in unserem „Tante-Emma-Laden".

Der Nachbar trat aus seiner Wohnung heraus und fragte mich freundlich: „Margot, möchtest du auch eine Laterne haben?" Hoch erfreut stimmte ich zu. Er überreichte mir die Laterne. Die Kerze war schon angezündet. Ich wunderte mich über diese Laterne. Die anderen Kinder hatten Lampions, die Sonne, Mond und Sterne symbolisierten. Meine hatte die Farbe Rot und das Nazisymbol, also das Hakenkreuz. Mein Vater war empört und riss mir die Laterne aus der Hand. Danach warf er sie auf den

Boden und zertrampelte sie. Der Nachbar muss das heimlich beobachtet haben.

Weil ich meinen Vater liebte, nahm ich ihm sein Verhalten nicht übel. Er hatte sicher einen triftigen Grund für seine Reaktion. Ich ahnte als kleines Kind schon, dass meine Eltern anders waren als andere Leute. Sie bemühten sich zu jeder Zeit, die Not anderer Menschen zu lindern.

Meine Mutter hatte mich angezogen und mit kleinen „Reiterleins" gefüttert. Weil ich nicht essen wollte, machte sie mit einigen Häppchen Flugbewegungen und sagte dazu: „Ein Häppchen für Papa, ein Häppchen für Mama und für Lilo ein Häppchen und für Irmi zwei!" Ich weigerte mich, die Milch aus der Nuckelflasche zu trinken; ich wollte genauso wie meine beiden Schwestern aus der Tasse trinken.

Meine Mutter hatte vorher die Lilo zur Schule gebracht. Irmela hatte bei der Uroma geschlafen. Papa musste in den Laden und nahm mich mit. Es war ein wunderschöner Tag. Die Sonne ließ alles in hellem Licht erstrahlen. Vor unserem „Tante-Emma-Laden" war eine Riesenfläche mit weißem Sand überdeckt, bis zur Lüderitzer Straße. Mein Vater überreichte mir eine Schippe und Kuchenformen u. a.

Kaum hatte ich ein paar Kuchen fertig geformt, kamen schon die ersten Käufer eilig angerannt. Nanu? Warum schleppten sie denn alle einen Stuhl herbei? Ach so! Im Laden stand ja nur eine Bank, die reichte natürlich nicht für alle Männer. Einige sagten zu mir: „Margot, du darfst draußen weiter spielen!" Dies tat ich mit Inbrunst; es waren ja so viele Kunden da.

Was ich als kleiner Drökel natürlich nicht wusste, war so: Mein Vater hatte für seine Genossen eine Versammlung veranstaltet.

Es war eine wichtige Sitzung, denn in der Politik gab es viele Unstimmigkeiten, was mich damals noch nicht interessierte.

Zwischen Haus und Hof an der Frontseite stand ein großes hölzernes Gestell mit einem Riesenplakat. Das war eine Werbung für das Werk IG Farbenindustrie und Indanthren. Ich konnte zwar noch nicht lesen, aber trotzdem kannte ich den „Spruch", weil ich neugierig danach gefragt hatte. Meine Schwester Lilo ging ja schon ein Jahr lang in die Schule.
Stolz darüber, gab sie ihr Wissen an Irmela weiter. Diese wiederum gab mir den ersten „Malunterricht". Sie entfernte die Rinde von einem Zweig und schon zauberte sie mit dem Stab riesengroße Hakenkreuze in den Sand. Voller Stolz malte ich die Hakenkreuze, was meine Lieblingsbeschäftigung wurde.
    Eines Tages erwischte mich mein Vater dabei. Er gab mir einen leichten Tritt, um anzudeuten, dass ihm das Symbol missfiel. Schnell verwischte ich das Emblem und zauberte einen großen Hampelmann in den Sand; damit war er sehr zufrieden.
    Vorher hatten meine Schwestern mir gezeigt, wie man Menschen malte. Erst ein Kreis, darunter ein Brot; dazu sagten sie: „Ein Kreis, Punkt, Punkt, Strich, fertig ist das Mondgesicht. Nun gehen wir einkaufen. Bitte, ein Brot, sieben Knöpfe, einen Schrubber und einen Besen." Das waren dann die Arme. „Und was kostet das alles? 66 Pfennig." Das waren dann die Beine. Dies blieb meine einzige „Kunsterziehung".

Auch das Schreiben und Lesen lernte ich durch meine Schwestern. Wenn wir Nudelsuppe aßen, löcherte ich sie. Ich platzierte einzelne Buchstaben auf den Esslöffel und fragte nach deren Namen. Sie waren stolz, dass sie mich belehren konnten.

Manchmal ärgerten sie mich noch, dann sang ich die Nazihymne. Ich wollte nicht zeigen, dass ich mich sehr verletzt fühlte.

Weil Lilo schon zur Schule ging, war Irmela nun für mich da. Sie wollte mit mir zu einer kleinen Freundin, die ganz nah wohnte. Bevor wir dort anlangten ..., eigentlich gar nicht, denn es gab einen schrecklichen Zwischenfall. Auf dem Fußweg neben der Straße lag ein Mann in mittlerem Alter. Die ganze rechte Körperhälfte vom Kopf bis zum Fuß war von einem Auto zerquetscht worden. Der Anzug war zerfetzt und das Blut quoll aus den Wunden. Meine kleine Schwester sagte zu mir: „Ich kenne den Mann, das ist Herr Tüscher!" Dann lief sie zu seiner Frau und überbrachte diese schreckliche Nachricht.

Voller Mitleid betrachtete ich den Mann. Ich lief dann nach Haus, denn Irmi hatte mich in der Eile einfach stehen lassen. Später, als ich schon älter war, erfuhr ich, dass der Mann noch am Leben gewesen und erst im Krankenhaus verstorben wäre.

Dies war nicht der letzte Horror. Es betraf mich selbst und meine Schwester. Ich musste aufs Klo und sagte zu meiner Mutter: „Mama, ich muss mal austreten!" Sie bat meine Schwester Irmela, dass sie mich aufs Klo bringen soll, denn ich war noch zu klein, um mich allein darauf zu setzen, und wir hatten noch ein Trockenklo. Draußen war es schon dunkel. Als Irmi die Klotür öffnete, sprang erschrocken eine Katze aus der Luke, und sie miaute, als hätte sie starke Schmerzen. Nachdem ich mein Geschäft erledigt hatte, riegelte meine Schwester ordnungsgemäß das Klosett ab und wir wollten zurück in die Wohnung. Wieder miaute eine Katze ängstlich; das hörte sich schaurig an.

Wir wollten schnell forteilen, aber da bekamen wir schreckliche Angst. Es erschien ein riesengroßer Mann, vor dem wir uns sehr fürchteten; er trug mehrere Riesenkörbe über seinem Arm. Erschrocken schrien meine Schwester und ich, voller Angst, denn der Mann wirkte bedrohlich auf uns kleine Kinder. Das versetzte den unheimlichen Gesellen selbst in Angst und Schrecken. Schnell ließ er etwas fallen, wahrscheinlich Stelzen, und verfolgte uns. Vielleicht hatte auch das Hof- und Straßenlicht den Mann noch viel größer erscheinen lassen. Unter unserem Küchenfenster, dass glücklicher Weise zum Hof angebracht war, hatte mein Vater einen Riesenstapel mit Holzstämmen aufgetürmt, so dass meine ältere Schwester, sie war übrigens erst fünf Jahre alt, sich schnell in Sicherheit bringen konnte, indem sie den Stapel erklomm. Sie schrie dabei fürchterlich.

Ich selbst war noch fast ein Baby, das aber schon flink laufen konnte. Ich versteckte mich hinter einem Handwagen, der mit Gras gefüllt war, denn mein Vater züchtete nebenbei auch Kaninchen.

Der Unhold jagte mich dann um den Wagen und holte mehrmals mit seiner Sichel aus. Voller Todesangst fing auch ich wieder an zu schreien. Dadurch wurde mein Vater alarmiert. Er knipste das Licht an und öffnete das Fenster. Der Kerl wollte nicht entdeckt werden und verschwand schleunigst. Irmela kullerte meinem Vater entgegen, der sich über unser Geschrei Sorgen gemacht hatte und herausgekommen war. Verwundert sagte er: „Warum schreit ihr denn so? Es ist doch niemand zu sehen, beruhigt euch wieder!" Mühsam versuchte ich über die Holzstämme zu klettern. Mein Vater nahm mich in Empfang.

Am nächsten Tag entdeckte er, dass mehrere Kaninchen gestohlen worden waren. Unser Nachbar konnte übrigens auf

Stelzen laufen. Vielleicht hatte er diese benutzt, um leichter an die hoch gelegenen Kaninchenställe heranzukommen. Auch seine Kinder liefen oftmals auf Stelzen. Da konnte sich mein Vater seinen Reim darauf machen, wer der Täter gewesen sein könnte.[4]

Die Hektik!
Ich beobachtete, wie zwei Männer Samtkissen mit Abzeichen unter einer Strohmatratze versteckten. Das eine war aus schwarzem und das andere aus rotem Samt. Meinen Vater sah ich danach längere Zeit nicht mehr.

---

[4] Der Text wurde durch mich mit Aufzeichnungen aus den 70er Jahren ergänzt.

Einsamkeit

Inzwischen ging auch Irmela in die Schule. Oft war ich allein, aber deshalb nicht traurig, denn ich liebte ja die Natur. Für mich war die Umgebung wundervoll. Ringsum grünte und blühte es. Das Vogelgezwitscher war für mich wie Musik. Ich staunte, dass die kleinen Lebewesen so laute Stimmen hatten; es klang voller Lebenslust. Wenn ich ein Eichhörnchen erblickte, dann lief ich ein Weilchen hinterher.

Nachbarfamilien

Am 1. Mai feierten die Kinder Hexentag, verkleideten sich und machten einen Umzug. Auch meine Schwestern waren mit von der Partie. Manche Kinder fragten mich: „Na, Margot, wer bin ich!?" Prompt kam ich der Aufforderung nach und nannte ihre Namen. Erstaunt fragten sie: „Woran hast du mich erkannt?", dann sagte ich: „Ich habe dich an deinen Schuhen erkannt."

In anderen Familien gab es auch kleine Kinder, doch diese waren noch unselbstständig. Später hatte auch ich kleine Spielkameraden.

Tagsüber war mein Vater mit seinem Lieferwagen unterwegs und versorgte die Landbevölkerung mit Lebensmitteln sowie anderen Waren. Erst am späten Abend kam er zurück. Unser Nachbar, Herr Schiebeck, war ein Lumpenhändler. Mein Vater versorgte ihn oft mit Kleidung jeglicher Art. Es waren eigentlich keine Lumpen, sondern sehr hübsche Kleider, denn auch kleine Kinder werden groß. Sie benötigen oft neue Sachen, weil sie ja schnell wachsen. Auch junge Frauen behalten nicht immer die schlanke Taille. Oft waren die Kleider mit kostbaren Knöpfen bestückt; die bekam dann meine Mutter. Zu meiner Freude hatte die Familie Schiebeck eine kleine Tochter in meinem Alter. Wir freundeten uns an.

Eines späten Abends, es war schon dunkel, kam mein Vater mit dem Eiswagen zurück. An der Frontseite war ein Behälter mit vielen Eiern gefüllt. Ich fragte meinen Vater, ob ich über die Bratkartoffeln, die in der Pfanne in der Grude standen, Eier machen dürfte. „So viel, wie du willst", sagte er. Meine kleine

Freundin Lotti musste nach Haus, denn es war schon Schlafenszeit für kleine Kinder.

Oftmals schickte meine Mutter mich mit einer Schippe zur Nachbarin, denn ich sollte Glut für die Grude besorgen. Aus Verlegenheit, meinen Wunsch zu äußern, sagte ich versehentlich: „Ich möchte eine Schippe voll Blut", anstatt „Glut!" Danach neckte mich Frau Schiebeck: „Na, Margot, möchtest du wieder eine Schippe voll Blut?"; dies war mir sehr peinlich, denn ich war sehr schüchtern.

Familienglück

Der „Tante-Emma-Laden" florierte gut, auch der Eis-Verkauf brachte Gewinne. Man kann sagen, uns ging es finanziell sehr gut. Wir Kinder waren immer gut gekleidet.

Am Sonntag hatte die Familie Zeit und war vereint. Meine Mutter arbeitete in jungen Jahren als Köchin und Bäckerin. Ihre Ausbildung hatte sie im Schlosshotel Gröningen an der Nordsee. Sie war damals noch sehr jung und wurde vom Mädchenhändler gefangen gehalten. Sie sollte für ihn die jungen Mädchen aus wohlhabenden Familien[5] aufs Schiff locken, was für sie nicht akzeptabel war. Nach einiger Zeit ließ er sie wieder frei.

Jeder Sonntag war wie ein Festtag. Wir hatten schicke Kleider und schöne Schuhe an. Zu jeder Mahlzeit war der Tisch festlich gedeckt; auch stand eine kostbare Vase mit einem Blumenstrauß darauf. Die Kaffeekanne war geschmückt mit einem zierlichen Püppchen als Tropfenfänger, angekleidet mit einem hübschen Volant-Kleidchen. Über die Eierbecher waren niedliche Eierwärmer gestülpt. Bevor die Mahlzeit begann, sprachen wir das Tischgebet. Meine Mutter stammte aus einer frommen Patrizier-Familie. Ihr Großvater väterlicherseits, der insgesamt neun Söhne hatte, war ein Prediger und Gärtner in Brandenburg.

---

[5] Wahrscheinlich wollte er von ihnen Lösegeld erpressen.

Ein wunderschöner Maitag

Es war ein wunderschöner Maitag im Jahr 1932. Ich spielte mit meinen kleinen Kuchenformen im weißen Sand vor dem „Tante-Emma-Laden". Links, neben dem Geschäftsraum, befand sich eine kleine Kammer mit einem Bett; das diente als Schlafplatz, wenn mein Vater sehr spät von seiner Verkaufstour zurückkam. Diesmal lag meine Mutter darin. Sie hatte plötzlich Wehen bekommen. Meine Schwester Lilo-Fee sagte zu mir: „Du darfst jetzt nicht die Mama stören, bleibe bitte draußen."

Nach einer kurzen Weile kam Frau Stockmann mit einer großen braunen Ledertasche. Sie schenkte mir einen kleinen Karton. Neugierig öffnete ich diesen. Voller Freude sah ich einen Schokoladenjungen mit einem Schirm im Arm. Als die Hebamme, Frau Stockmann, wieder gegangen war, staunte ich nicht schlecht, dass sie in ihrer großen Ledertasche meinen Bruder Otto gebracht hatte.

Nun mit Brüderchen Otto

Inzwischen waren meine Eltern umgezogen. Wir wohnten in einem kleinen einstöckigen Haus. In der ersten Zeit nahm ich meinen kleinen Bruder nicht wahr. Meine beiden Schwestern gingen in die Schule. Mein Vater nahm mich früh mit in unseren Laden. Ich war schon ziemlich selbstständig und spielte oder malte im Sand. Auch kleine Spaziergänge mit meinem kleinen Freund Gerd Fiß unternahm ich schon. Abends wurde ich mit dem Bollerwagen abgeholt.

Später kümmerte sich meine Mutter wieder um unseren kleinen Laden. Otto war ein paar Wochen alt, da war ich allein mit ihm in der kleinen Küche. Weil er weinte, holte ich einen Stuhl herbei und kletterte auf die Grude; der Deckel war natürlich geschlossen. Nun konnte ich die Wagenstange erreichen und schob den Wagen hin und her. Er hörte auf zu weinen.

Otto war inzwischen drei Monate alt. Entweder waren die Nachbarn neidisch auf uns oder hatten, warum auch immer, großen Hass gegen uns. Es war schon dunkel, als meine Mutter den Laden verließ und aufs Klo wollte, um einen Eimer mit Schmutzwasser auszuschütten. Sie konnte es nicht ausstehen, wenn schmutziges Wasser oder sonstiges vor dem Haus ausgekippt wurde. Zu diesem Zweck musste sie an der Haustür der Nachbarin vorbei, was sie aber immer im großen Bogen vermied. Ich wollte sie begleiten und ging einfach mit. Es war schon ziemlich dunkel, so dass die Nachbarn aus den anderen Wohnungen nichts bemerkten. Die Situation muss schon vorausgeplant gewesen sein. Meine Mutter hatte gerade die Hausschwelle überschritten, als die Nachbarin ohne erkennbaren

Grund aus ihrer Wohnung herausgestürzt kam und sie überfiel. Daraufhin kam deren Ehegatte dazu und griff auch meine Mutter von hinten an. Mein Vater hörte das Gerangel und stürmte ebenfalls aus der Wohnung heraus, um meiner Mutter in ihrer Not zu helfen. Er schlug nicht zu, obwohl es ja um ihre Rettung ging. Er zog nur den Mann fort, damit er ihr keinen Schaden zufügen konnte. Daraufhin ließ auch die Ehefrau des Nachbarn von meiner Mutter ab und stürzte sich auf meinen Vater. Verzweifelt versuchte meine Mutter ihm zu helfen, was natürlich misslang. Die Nachbarin wurde nun von ihrem Mann unterstützt, indem er blitzschnell hinter die Haustür griff, einen Spaten hervorholte und damit meinem Vater mit der Schnittseite ins Gesicht schlug. Dann verschwanden sie sehr schnell, denn wohl gemerkt, die anderen Nachbarn sollten dieses Verbrechen nicht mitbekommen. Mein Vater hatte eine tiefe Verletzung im Gesicht und blutete stark. Meine Mutter kippte vor Schreck um. Meine Eltern wussten nicht, dass ich Zeugin dieser Freveltat war. Niemand hatte mich bemerkt, denn ich war noch ein kleines Mädchen von drei Jahren und einigen Monaten. Ich selbst wurde einst von diesem Mann in Todesangst versetzt, was ich später erfuhr. Er war es, der in der Dunkelheit auf unserem Hof mit einer Sichel hinter mir her rannte und unsere Kaninchen stahl.

Danach fing für uns die Hölle an. Gleich nach Hitlers Machtergreifung kam mein Vater ins Konzentrationslager.

Goldene Kindheit!
Holde Jugendzeit?

War die Kindheit
wirklich so golden?
Wo war die Freiheit
unseres Vaters Otto?
Es winkte kein Los
im Lotto.
Nun, er saß gefangen
auf einer Burg.[6]

Unsere Mutter
und wir vier Kinder,
wir armen,
mussten darben -
Hunger und Not!
Wo blieb
das tägliche Brot?

---

[6] Dornburg, Nähe Pömmelte und Lichtenburg in Prettin.

Meine Mutter
ging mit mir
unter die Buchen,
etwas Essbares
zu suchen,
für uns Kinder.
Da kuschelte sich
ein Igelein.
Ich fand's gar
niedlich und fein.
Das sollte
unser Abendbrot
sein.

Die Mutter
hüllte es in
Lehm.
Da blieben
die Stacheln drin kleb'n.
Das Fleisch
war rosig und fein.
Es kam in die
Suppe hinein.

Eine Zwiebel
hatte sie
auf dem Schrottplatz
gefunden,
die sollte
den Geschmack
abrunden.
„Ach, das
wird den Kindern
schon munden,
ich habe leider nichts
andres gefunden."

Da fand
sie noch eine
Apfelsine.
Die eine Seite
war noch gut,
das war
für die jüngste
„Brut",
unseren kleinen
Otto,
als er kam,
war's wie ein
großer Gewinn
im Lotto.
Endlich ein Sohn ...!

Das Jahr 1933

Mein Vater war fest überzeugt: „Wer Hitler wählt, wählt den Krieg!"

Er kannte das Buch von Hitler: „Mein Kampf". Er wollte seine Mitmenschen schützen, denn er hatte schon schlechte Erfahrungen vom Ersten Weltkrieg hinter sich.

Nachdem der Reichstag gebrannt hatte, wurden die Parteifunktionäre der KPD und SPD inhaftiert. Mein Vater wurde in der Stadt überfallen und in einem tiefen Keller in der Kirchstraße schwer misshandelt. Er wurde mit einer Lederpeitsche, an deren Riemen Bleikugeln hingen, erbarmungslos geschlagen. Danach schnallte man ihn an einen Pfahl an und warf ihn auf einen Lastwagen; dann kam er nach Stendal, zwischenzeitlich in die Dornburg (Nähe Pömmelte) und von dort aus in das Schutzhaftlager „Stadion Neue Welt" in Magdeburg. In der Lichtenburg im Städtchen Prettin bei Torgau hatte er die Nummer J.222+. Danach wurde er im Moorlager Emsland bei Papenburg (Börgermoor) inhaftiert.

Abbildung 2: Margots Vater im Lager „Stadion Neue Welt", mit freiem Oberkörper, nach den Vermutungen von Bruder Ernst, um seinen anfänglichen Ernährungszustand zu dokumentieren.

Hauptsächlich für meinen Vater und auch für seine Elly begann eine erbarmungslose Zeit.

> „Mama, warum ist
> Papa kein Nazi(?), dann wäre
> er immer zu Hause bei uns!"

Wir vermissten den Papa und auch oft die Mama. Ohne Geldquelle musste sie arbeiten, denn das Leben musste ohne den Ernährer weitergehen.

Sie schuftete bei mehreren Leuten, um etwas Geld zu bekommen. Sie erhielt erst nach unserer Taufe einen kleinen Obolus von neun Mark von der „Wohlfahrtsgesellschaft".

Weil sie etwas dazu verdiente, musste sie auch auf die neun Mark verzichten. Die Not war für sie unerträglich.

Meine Schwester Lilo-Fee war im Alter von zehn Jahren, Irmela war im März acht Jahre alt geworden. Beide wollten die Mama unterstützen und verdienten etwas dazu. Ich war noch zu klein und Otto war noch ein Baby! Sie verzogen Zuckerrüben auf den Feldern, waren beim Spargelernten dabei. Voller Stolz sagten sie zu mir: „Wir arbeiten im ‚Rekord' und bekommen dafür mehr Geld!"

Ich kannte diesen Ausdruck noch nicht, aber ich habe gedacht, dass sie schneller ernteten.

Sie sammelten auch Pilze, Kräuter und so weiter.

In der Weihnachtszeit kam der Bürgermeister, verkleidet als Weihnachtsmann, zu uns. Er schenkte meiner Mutter die Peitsche mit den Bleikugeln.

Mein kleiner Bruder war gerade mal ein Jahr und sieben Monate alt. Er verkroch sich ängstlich unter dem Tisch. Mir tat das kleine Kerlchen leid und ich gesellte mich zu ihm. Meine beiden Schwestern waren nicht zugegen.

Eines Tages kam ein Pferdewagen an Irmchen und mir vorbei. Der Kutscher hielt an und fragte, ob wir die Kinder von Otto Jäger wären. Schüchtern antwortete Irmela mit Ja! Da drückte er ihr etwas Geld in die Hand. Meine Schwester war darüber sehr glücklich.

46

Ein anderes Mal sah er uns auf der Bolsdorfer Straße. Er warf eine volle Kiste mit Bauernkäse hinunter. Irmela war überglücklich und trug die Käsekiste nach Hause. So gab es auch kleine Lichtblicke in der schweren Zeit.

Meine Mutter arbeitete zwischendurch auch beim Fleischer. Als Belohnung brachte sie Wurstpellen, Wurstenden und Kuheuter zur Abendmahlzeit mit. In der Notzeit schmeckten uns auch die Wurstpellen. Aus den Kuheutern zauberte sie ein schmackhaftes Mittagsmahl.

Wir lebten sonst isoliert. Die Nachbarn und Kinder durften keinen Kontakt zu uns haben. Es waren nur Beleidigungen erlaubt. Eines Tages sagte die böse Nachbarin zu mir: „Ihr seid ja keine richtigen Menschen! Euch müsste man kochendes Wasser über den Kopf schütten." Das war die Frau, die meine Mutter ohne jeglichen Grund überfallen hatte.

Die Familie meiner kleinen Freundin war inzwischen nach Magdeburg gezogen. Auch meine angebliche Patentante war mit Familie ausgezogen. Wir bekamen neue Nachbarn. Die neue Nachbarin von der Frontseite hatte verkrüppelte Hände. Ich bewunderte sie, dass sie damit arbeiten konnte.

Links, neben unserem Laden zog Familie Haaken ein. Sie war die Frau vom Fotografen und hatte zwei Söhne; der eine hieß Alfred und der andere Hermann. Bevor die Familie bei uns wohnte, hatte der Fotograf uns schon öfter fotografiert.

Trotz aller Not schaffte meine Mutter es, uns immer sauber und anständig zu kleiden.

Eines Tages setzte sie mich und Otto in den Bollerwagen. Lilo und Irmela waren auch mit von der Partie. Es wurde ein Fußmarsch von Tangermünde bis Stendal. Dort kaufte sie das Nötigste, darunter auch bunte Wolle für Strümpfe, darauf waren wir richtig stolz, als der Fotograf für unseren Vater Fotos schoss! Für uns Mädchen kaufte sie Nivea-Creme, Schwarzkopf-Shampoo und Schleifen für unsere Zöpfe. Für jedes Kind Liebesperlen im Fläschchen und für Otto einen Lutscher. Ich bekam noch zusätzlich ein Kaleidoskop, was mich sehr glücklich machte. Der Wechsel von Farben und Muster war wundervoll. Otto bekam ein Windrad. Meine Mutter war glücklich, wenn ihre Kinder sich freuten.

Trotz großer Armut war unsere Wohnung immer sehr gepflegt und die Kleidung sauber gewaschen, obwohl meine Mutter kein Geld für Reinigungsmittel hatte. Eine Nachbarin half beim Transport einer großen Zinkwanne, in der das heiße Waschwasser dampfte; damit startete die große Reinigungsaktion. Zu dieser Zeit war ich noch ein kleines Dummerle, denn ich wollte nie die Kleidung meiner Schwestern tragen, dann sagte ich: „Aber Mama, das ist doch nicht mehr modern!" Sie respektierte mein Anliegen und ich bekam andere Kleidung. Wahrscheinlich dachte sie daran, dass sie in jungen Jahren auch gern schick gekleidet war.

Ich erinnere mich an meinen fünften Geburtstag. Als ich dabei war, genug Kuchen - aus Sand - für das Geburtstagsfest zu backen, kam der Postbote und überreichte mir eine Geburtstagskarte von meinem Vater.

Es war eine Postkarte mit dem Porträt meines Vaters - von einem Künstler signiert mit J. H. Die Karte kam aus dem KZ Lichtenburg. Die Karte wurde mir leider gestohlen im Jahr 1972. Lange suchte ich sie noch vergeblich.

Die Entlassung aus dem KZ (Moorlager Emsland) erfolgte im Sommer 1934. Zu Haus wurde heimlich das Lied „Wir sind die Moorsoldaten ..." gesungen. Damals wusste ich nicht, dass die kommunistischen Häftlinge dort den Text und die Melodie mit dem Schauspieler Langhoff selbst erschaffen hatten.

Als Ernstchen kam

Im April 1935 wurde mein Bruder Karl-Ernst geboren. Ich wurde inzwischen eingeschult. Eine Bekannte meines Großvaters, Otto Jäger senior, begleitete mich zur Schule und trug für mich eine große Schultüte. Als ich wieder zu Hause war, war niemand da. Mein Vater wurde schon wieder verfolgt. Ich kann mich noch erinnern, dass er ganz kurz um eine Straßenecke schaute und schnell mit dem Fahrrad verschwand. Das war für längere Zeit das letzte Lebenszeichen meines Vaters.

Eines Nachts danach, wurde heftig ans Fenster geklopft. Zwei Beamte forderten meine Mutter auf: „Ziehen sie ihre Kinder schnell an und begleiten uns sofort. Sie sind verhaftet!"

Ausgerechnet die Nikolaikirche[7] diente in Tangermünde als Polizeigefängnis. Dort wurden wir ohne jeglichen Grund inhaftiert. Um die Berechtigung der Verhaftung glaubwürdig zu machen, hielten die Polizisten Briefe in der Hand; es waren inhaltlich Hetzereien gegen Hitler, wie wir bald merken sollten.

Wir wurden von der Mutter getrennt. Sie weigerte sich, den Hetzbrief abzuschreiben. Unsere Mutter wurde misshandelt und schrie entsetzlich.

---

[7] In der Tangermünder Nikolaikirche, jetzt eine schöne Gaststätte, machten wir 2012 für unser erstes gemeinsames Buch unserer Familie „Wenn Verwandte über das Leben und die Liebe s(p)innen", (BoD Norderstedt, 2011), eine Lesung zu Ehren von Margots Mutter Elly Jäger, die mit ihren Kindern dort inhaftiert war.

Diese Schreie vergaß ich nie
und damit war meine Kindheit beendet.

Meine Schwester Lilo-Fee sollte auch einen Hetzbrief abschreiben. Sie war mit ihren zwölf Jahren schon so klug, sich zu weigern. Ein anderer Polizist hatte für mich sechsjähriges Kind auch ein Schreiben vorbereitet. Meine Schwester sagte: „Meine Schwester kann noch nicht schreiben", was mich empörte, denn ich konnte schon schreiben und rechnen.

Wir wurden in eine winzige Zelle eingesperrt! Rechts stand eine Rutsche zum Transport von Briketts, darauf mussten wir einen ganzen Tag ohne Mutter sitzen. Zwischen meiner Schwester Lilo und mir saß der kleine Bruder Otto. Vor uns stand der weiße Kinderwagen mit dem ungefähr sieben Wochen alten Säugling. Er war etwas Besonderes, denn wer wird schon im Alter von sieben Wochen inhaftiert?
Auf der anderen Seite stand eine Holzkiste, darin ein Eimer für die Notdurft. Auf der gleichen Seite waren zwei große Fenster, die von außen mit einem Bretterverschlag zugenagelt waren.

In der kommenden Nacht durfte meine Mutter zu uns. Die Straßenlaternen ließen etwas Licht herein. Glücklicher Weise sah meine Mutter durch eine Spaltritze eine Frau auf der Straße. Sie rief sie heran mit den Worten: „Bitte benachrichtigen Sie meine Schwiegermutter von unserer Inhaftierung." Es war ein Glücksfall, dass diese Frau für uns Mitleid empfand! Nach einiger Zeit kam meine Oma und brachte für uns Stullen mit. In der Aufregung verspürten wir keinen Hunger.

Weil wir die Hetzbriefe nicht abgeschrieben hatten, konnte meine Großmutter uns noch in der gleichen Nacht nach Haus begleiten. Wir waren sehr müde und ermattet und schliefen sofort ein.

Ich war sehr froh darüber, dass niemand unsere Inhaftierung bemerkt hatte, denn diese Angelegenheit war mir sehr peinlich. Irmela befand sich zu dieser Zeit in einem Kindererholungsheim.

Abbildung 3: Tochter Ingrid auf der Bank im Biergarten von der „Zecherei Nikolai", Foto von Bernd Stockmann.

Abbildung 4: Nikolaikirche, damaliger Haftraum.

Mein erster alleiniger Spaziergang mit dem Kinderwagen, in dem der Säugling friedlich schlief: Ich freute mich über meinen kleinen Bruder. Das Wetter war wunderbar, alles grünte und blühte, also ein Grund zum Glücklichsein!

Trotz günstiger Bedingungen war es ein Tag voller Kummer. Die Kinder vom Nachbar Heidener, Karlinchen und Conrad, sammelten Pferdeäpfel und warfen sie auf das Köpfchen des Babys.
Meine Mutter war entsetzt und reinigte alles. Ich kann mich nicht daran erinnern, dass ich danach noch allein spazieren gehen durfte.

53

Meine Erfahrungen als junges Schulkind

Aus mir wurde ein Stubenhocker; das war kein Problem für mich, denn das Spielen kam für mich nicht mehr in Frage, weil ich Freude daran hatte, mein Wissen ständig zu erweitern. Das zahlte sich aus: Ich entwickelte mich zur Klassenbesten.

Als ich noch nicht in die Schule ging, konnte ich schon rechnen, schreiben, malen und Handarbeiten anfertigen. Oft saß ich auf der Türschwelle und stopfte Strümpfe für die Familie oder ich übte mich im Häkeln und Stricken. Meine Schwester Lilo hatte mir alles beigebracht. Eines Tages zeigte sie mir, wie man Hausschuhe nähen kann.

Die Schulferien waren beendet. Meine Freundin Hertha-Maria Rethfelder holte mich ab. Gemeinsam holten wir Brunhilde ab, danach Anita Scheiberer, Rosemarie und Irmchen Schläfer, manchmal noch zwei andere Klassenkameradinnen.
Mein Vater war im KZ. Ob dies der Anlass war? Von hinten wurde ich angerempelt und fiel in den Straßengraben. Ich fühlte mich stark beleidigt und lief im Graben weiter.

Zukünftig ging ich ohne Begleitung zur Schule.
Vielleicht durften meine Freundinnen keinen Kontakt mehr mit mir haben.

Als ich noch ein kleines Mädchen war, wollte ich genau so klug sein wie meine älteren Schwestern.
Wir aßen sehr oft Gemüsesuppen mit Buchstabennudeln. Wie schon früher erwähnt, fragte ich nach der Bedeutung jeden

Buchstabens. Leider kannte ich das „X" noch nicht; diesen Buchstaben oder diese Nudel hatte ich noch nicht entdeckt. Das wurde für mich sehr peinlich!

Ausgerechnet mich fragte der Lehrer Brauner danach. Ich musste zur Tafel laufen und sollte den Buchstaben erklären.

Voller Wut und Empörung, dass ich mich vor allen Mitschülern blamiert hatte, rannte ich durch die Klasse und schlug wütend die Tür zu. Dann rannte ich nach Haus zu meiner Mutter. Als ich ihr erklärt hatte, warum ich mich so geärgert habe, ging sie mit mir zum Direktor und erklärte ihm, dass sie nicht in der Lage wäre, für mich Schulbücher zu kaufen. Zu meinem Glück schenkte er mir ein Lese- und ein Rechenbuch. Hei! Jetzt machte das Lernen Freude und wurde zu meinem Lebenselixier.

Wir waren sehr arm. Meine Mutter konnte uns kein Frühstück geben oder Brote für die Schulzeit mitgeben. Ich hatte in der Hinsicht Glück, dass ich keinen Hunger spürte. Ab und zu gab sie uns einen Groschen. Meine älteren Schwestern kauften beim Bäcker eine Tüte Bruchkeks. Ich kaufte mir eine kleine saure Gurke; darüber war ich glücklich. Für mich galt der Spruch: „sauer macht glücklich"!

Die Schulzeit war für mich wundervoll, da gab es viel Anerkennung durch die Lehrer und Mitschüler. Froh war ich immer, wenn die Ferien vorbei waren.

Schwere Zeit für uns Fünf und unsere Mama

Halle, den 07.11.2018

Mein Bruder Karl-Ernst, genannt Ernstchen, wurde ein sehr lebhaftes Kind. Eines Tages wollte Lilo-Fee das Baby windeln. Sie war einen Moment abgelenkt; da machte sich der Säugling selbstständig. Er krabbelte zur Tür hinaus, und ganz flott war er mitten auf der Straße. Meine Schwester lief entsetzt hinterher und rettete noch rechtzeitig das Baby. Der Bewegungsdrang war nicht zu bremsen. Erfindungsreich meisterte Lilo-Fee die Situation und band das Bübchen mit Mutters Wäscheleine an einem Eisenhaken vor der Haustür fest. Die Leine war sehr lang, aber vor dem Fußweg der Straße endete die Bewegungsfreiheit, drum lebt er heute noch, inzwischen bereits 83 Lenze.

Meine Mutter diente in mehreren Haushalten, denn wie sollte sie die Ernährung der fünf Kinder sichern?

Die Sommerferien waren nun vorbei. Wie es weiterging, weiß ich nicht.

Ein Jahr später: Es waren wieder Sommerferien.

Lilo-Fee kümmerte sich um die kleinen Buben. Eines Tages stürmte sie wutentbrannt in die Stube. Ich stopfte gerade Strümpfe. Mit voller Wut schlug sie mit beiden Fäusten auf meinen Kopf und schimpfte: „Immer muss ich die beschissenen Hosen von Ernst waschen!"

Ich wusste gar nicht, dass mein Brüderlein die Hosen voll hatte. Am nächsten Tag kümmerte ich mich um ihn. Die Hose war wieder - vollgeschissen. Mit der Hilfe des fünfjährigen Nachbarjungen füllten wir eine Badewanne mit eiskaltem Wasser. Ich setzte den Jungen in die Wanne und den Otto noch dazu. Glücklicher Weise haben die beiden Buben diese Prozedur verkraftet.

Oder doch nicht? Otti bekam Keuchhusten. Das tapfere Kerlchen klopfte mit beiden Fäusten gegen die Rippen, um nicht zu ersticken. Mir tat mein armer Bruder leid. Ich konnte als Siebenjährige doch nicht wissen, dass das kalte Wasser schaden könnte.

Das Weihnachtsfest mussten wir wieder ohne den Vater feiern.

Meine Mutter und die Schwestern gestalteten den Tannenbaum wundervoll. Wir besaßen ja noch aus glücklichen Zeiten genug Baumschmuck, Kerzen, Lametta und so weiter.

Mein Vater wurde Anfang 1937 aus dem KZ Sachsenhausen entlassen.

Abbildung 5: Familienfoto. Hans war noch nicht geboren.

Meine Kindheit mit unserem dritten Bruder
(aufgeschrieben von Tochter Ingrid auf Wunsch der kranken Autorin)

„Du weißt ja, in den ersten vier Kindheitsjahren lebte ich in unserem ‚Drei-Mädel-Haus‘, denn ich war auch kein Bübchen geworden. Dann kam endlich unser erstes Brüderchen, Otto, zur Welt. Der Wunsch meiner Mutter nach einem Sohn erfüllte sich. Dabei blieb es nicht. In meinem ersten Schuljahr hatten wir wieder ein Baby zu Haus, Ernstchen, den zweiten Bruder.

Und in der Nacht zum Nikolaustag 1937 wurde Hansi geboren. Ich erinnere mich gern an das schöne Ereignis an diesem 5. Dezember. Unser Vater schaute nachts zu uns Kindern, ob wir schliefen. Ich war als Einzige wach. Papa sagte zu mir: ‚Ihr habt einen kleinen Bruder bekommen, wie soll er denn heißen? Soll er Hans heißen?‘ ‚Ach ja, Hans ist schön, Papa, da können wir Hansi zu ihm sagen‘, freute ich mich. Ich war einen Monat zuvor neun Jahre alt geworden.“ Meine Mutter erzählte weiter:

„Die zwei älteren Brüder steckten immer unter einer Decke, und bald ärgerten sie den kleinen Hans. Wenn nötig, beschützte ich als drittes Mädchen den dritten Jungen. Aber ich kümmerte mich liebevoll um alle drei und war stolz auf sie. Zwischen Hans und mir fiel nie ein böses Wort, bis in das Erwachsenenalter hinein.

Wie immer waren Lilo und Irmela ein Gespann und hielten zusammen. Gemeinsam demütigten sie mich als ihre jüngere Schwester und zeigten mir gegenüber ihre Überlegenheit. Ich wollte ebenso klug wie die beiden Älteren sein und fand sie sogar hübscher als mich.

Als ältere Frau sagte Lilo eines Tages zu mir: „Du siehst besser aus als wir alle zusammen." Ich hätte als Kind nie gedacht, dass meine Schwestern neidisch auf mich sein könnten.

Meine angeschlagene Gesundheit
(aufgeschrieben von Tochter Ingrid aus der Erinnerung an Margots Schilderungen)

Gleich nach meiner Geburt schrie ich so lange, dass ich erstickte. Mir wurde erzählt, meine Mutter habe mich durch Wiederbelebungsmaßnahmen gerettet. Kenntnisse in der Krankenpflege hatte sie durch ihre begonnene Ausbildung in einem Krankenhaus in Essen, in dem auch ihr Vater arbeitete.

Ich war dann als Kind relativ gesund. An Kinderkrankheiten machte ich die Masern und erst später, 1943, auch Scharlach durch.

Im Jahr 1938[8] wurden die Kinder unserer Schulklasse geimpft. Es war die Dreifachimpfung. Wir mussten uns alle in einer Reihe anstellen. Der Arzt spritzte den Impfstoff den Kindern in den Oberarm und die neben ihm stehende Krankenschwester machte danach jedem Kind ein Pflaster drauf. Als ich an der Reihe war, bekam ich nach der Impfung kein Pflaster von der Schwester und blieb deshalb noch stehen. Ich wurde von den nachrückenden Kindern abgedrängt. Aus Schüchternheit sagte ich nichts, sondern stellte mich erneut in der Schlange an, damit die Schwester mir noch nachträglich eins aufkleben konnte. Nun war ich wieder an der Reihe und bekam plötzlich die zweite Spritze vom Arzt und wartete zum zweiten Mal auf mein Pflaster, welches ich nicht bekam. Statt dessen wurde ich zum dritten Mal

---

[8] Text wurde durch mich eingefügt, als mir ein Anamnesebogen von einem Arzt, u. a. mit der Aufführung dieser Dreifachimpfung, in die Hände gefallen war. Das erinnerte mich an diese, uns durch Erzählen sehr gut bekannte, Geschichte.

geimpft. Kurze Zeit nach den drei Spritzen hatte ich eine Steifigkeit und war blau angelaufen.

Bald verspürte ich Herz- und Atembeschwerden, vor allem bei Belastung und beim Singen. Ich hatte in der Schule im Musikunterricht und im Chor so gern gesungen! Das war vorbei. Wegen dieser Beschwerden wurde ich von Dr. Bergholt in Tangermünde behandelt.

Umzug nach Premnitz
(Aufgeschrieben von Tochter Ingrid)

Was meine Mutter über die Zeit in Premnitz berichtete, habe ich noch sehr gut im Gedächtnis, deshalb werden Margots Erinnerungen von mir in der Ich-Form wiedergegeben.

„1939 zogen wir nach Premnitz, weil unser Vater nach seiner Haftentlassung dort im IG-Farbenwerk arbeitete.

In Premnitz kam unser Schwesterchen tot zur Welt, was ich erst viel später erfuhr.

Abbildung 6: Familienfoto mit Hans vor dem Krieg.

Als der Krieg ausbrach, war Hansi noch keine zwei und ich noch zehn Jahre alt.

Eines Tages kam Otto weinend nach Hause: ‚Ein großer Junge hat mich geschlagen!' Ich hatte einen starken Gerechtigkeitssinn und versprach, diesen dafür auch zu hauen und sagte: ‚Otto, zeig mir den Jungen!' Was ich nicht erwartet hatte: Er war einen Kopf größer als ich. Aber ich hatte es doch versprochen! Ich stellte mich auf die Zehenspitzen und gab ihm eine Ohrfeige. Der Junge war so verdattert, dass er sich das gefallen ließ.
Aber einmal hatte ich Otti verhauen, weil er auf Hansi mit dem Feuerhaken losgegangen war, um ihn damit zu schlagen. Ich wusste mir nicht anders zu helfen, obwohl mir das leid tat.

In Premnitz wohnten wir in der E-Straße und hatten eine schöne Wohnung mit gegenüberliegenden Hausgärten und einer Terrasse, wo sich auch eine Schaukel befand. Ich liebte es draußen in der Natur zu sein. Eine Nachbarin, die mich schaukeln sah, rief aus: ‚Wie Königin Luise.' Das lag vielleicht an meinen blonden Haaren und blauen Augen. Wir hatten kein königliches Leben und seit unserer Inhaftierung im Polizeigefängnis Tangermünde war meine Kindheit vorbei, trotz der schönen Schaukel."

Abbildungen 7 & 8: Unsere ehemalige Wohnung in der E-Straße. Von der schönen Terrasse ist nichts mehr zu sehen. Die gegenüberliegenden Gärten gibt es noch.

„Für mich waren Lernen und ständiger Wissenserwerb wichtig, gespielt hatte ich längst nicht mehr. Meiner Mutter half ich viel im Haushalt. Gern vermittelte ich meinen Brüdern Kenntnisse; beispielsweise erklärte ich ihnen abends den Sternenhimmel.“

In ihrem Manuskript aus den 70er Jahren schrieb meine Mutter folgendes:
„Ich (selbst) hatte kein Familienmitglied oder keinen Verwandten mehr etwas gefragt, sondern mir alles, was ich wissen wollte, allein angeeignet. Das kam so: Ich liebte die Natur und alles, was sie zu bieten hatte; dadurch war ich viel unterwegs und bewunderte viele Naturspiele. Besonders faszinierte mich der Mond mit seinem hellen Schein. Meine erste Frage in meinem jungen Leben lautete deshalb: ‚Mama, warum scheint denn der Mond so hell?‘ Im Moment hatte sie andere Sorgen und meinte zu mir, ich solle nicht so dumm fragen. Als ich meine beiden Schwestern daraufhin fragte, erhielt ich die gleiche Antwort. Ich war dadurch aufs Tiefste gekränkt.
Deswegen, weil ich auch sehr wissbegierig war, musste ich mir alles selbst aneignen. Ich muss sagen, dass das nicht mein Schaden war, denn in der Schule glänzte ich mit meinem Wissen. Wenn die Kinder etwas nicht wussten, dann schickten die Lehrer sie zu mir.“

(Nur einmal, in ihrer Schulzeit, wurde Margot unverhofft vor der ganzen Klasse von einem Lehrer geschlagen, der sie sonst häufig gelobt hatte. Vielleicht geschah dies aus politischen Gründen und wurde von ihm verlangt, weil er ein Kommunisten-Kind nicht bevorzugen durfte, so habe ich noch die Worte meiner Mutter in Erinnerung.)

1973

Abbildung 9: Muster der Scherbe einer Obstschale, die Margot 1939 von ihren Eltern zum Geburtstag in Premnitz geschenkt bekam. Erst als sie dieses Bild 1973 gemalt hatte, konnte sie die Scherbe wegwerfen.

„Durch die schöne Natur fühlte ich mich immer entschädigt. Gern beobachtete ich die Jahreszeiten und liebte besonders den Frühling, der mich auch zum Schreiben meines ersten Gedichtes anregte."

Frühlingserwachen

(Anni Margot Jäger,
Premnitz 1940, 11 Jahre)

Der Frühling ist heimgekehrt!
Der Bauer nach seinem Acker fährt.
Da wird geschafft,
bis das Land in voller Pracht
und die Sonne vom Himmel lacht.
Aus der Erde Blumen sprießen,
um uns Menschen zu begrüßen.
Der Frühling ist da!
Die Vögelein singen.
Die Kinderlein springen
und sie jauchzen munter juchheirassa.

Antworten auf Fragen meines jüngsten Enkels

(Margots Aufzeichnungen)

Ein „Fragebuch an Oma und Opa" regte meinen Enkel Frank zu Fragen über meine Kindheit an.

Er wusste durch meine Tochter, Margit, seine Mutter, dass wir ein besonderes Schicksal hatten. Frank kennt einige Gedichte aus unserer Familienanthologie „Wenn Verwandte über das Leben und die Liebe s(p)innen"; Herausgeberin ist seine Tante Ingrid Ursula, meine dritte Tochter. Außerdem hat er sich mit seinem Gedicht „Der Partyrucksack" als Koautor im Jahre 2011 an unserem Buch beteiligt. Nunmehr legte er mir das „Fragebuch" für Omas vor. Meine Aufzeichnungen:

Erinnerungen an meine Mutter

Als ich noch ein Baby war, ging meine Mutter mit mir in ein neu erbautes Haus. Die Innenräume hatten noch keine Fußböden. Später baute mein Vater darinnen ein Lebensmittelgeschäft und Lagerräume. Wir wohnten damals in Tangermünde, Stendaler Straße. Am 4. Mai 1929, zu ihrem 29. Geburtstag, ging meine Mutter mit mir in den Hausgarten. Die Tische waren festlich gedeckt. Blitzschnell wollte ich eine Tasse mit heißem Kaffee ergreifen. Meine Mutter schlug sanft auf meine Finger. Dafür klatschte ich ihr dreimal ins Gesicht, danach drückte ich sie zärtlich.

Zu meinem 1. Geburtstag baute sie für mich aus einem Schuhkarton und Spulen von Zwirn einen Puppenwagen mit Kissen und einer kleinen Puppe darin. Zum Ziehen diente ein

Bindfaden mit einer Schlaufe. Die meisten Spielsachen bastelte sie selbst. So baute sie eine Turnhalle mit Kletterstangen und anderen Sportgeräten, auch die Turner, als Stoffpuppen.

Hatte ich mal Kummer, dann hatte sie immer kleine Sprüche bereit, die mich trösteten. Oft bluteten meine Hände und Knie. Sie lehrte uns Kindern, wie man sich selbst helfen kann, denn sie musste ja nebenbei noch ein ambulantes Gewerbe betreiben. Mutter versorgte die umliegenden Ortschaften mit Lebensmitteln und Kleinwaren aller Art.

Wenn die Mitmenschen in Not waren, verschenkte sie Lebensmittel, Kleidung, Bettwäsche und vieles andere mehr. Sie kochte immer mehr, damit auch für hungrige Bürger genug übrig blieb. Für mich sehr beeindruckend war, als (etwa im Jahr 1930) ein Riesentrupp von Frauen, die aus umliegenden Ortschaften kamen, Kinderwagen schoben; drinnen lagen keine Kinder, aber was Nützliches, was sie erbettelt hatten. Meine Mutter beschenkte sie reichlich mit Essen, Wäsche und Kleidung. Vielleicht konnte Elly auch die von ihrer verstorbenen Mutter geerbten Wäschestücke ohne Weiteres kostenlos abgeben, weil sie reichlich davon besaß. Ich glaube, meine Eltern hatten den Kaufladen nur, um armen Menschen zu helfen. Zu dieser Zeit ging es unserer Familie recht gut. Eine bittere Armut mit vielen Repressalien und Kummer folgte, als Hitler die Macht ergriff. Vielleicht war es Neid der Nachbarn, die rechts neben unserem Geschäft wohnten. Sie denunzierten meinen Vater.

Meine Mutter wollte zum Klo, das hinter dem Haus war, um etwas auszuschütten. Ich lief ihr unbemerkt hinterher. Die Nachbarin stürmte aus ihrer Wohnung und überfiel sie. Ihr Ehemann sprang von hinten meine Mutter an. Mein Vater zog beide Angreifer weg, ohne Gewalt anzuwenden. Daraufhin bearbeiteten die beiden ihn mit Fäusten. Blitzschnell griff der Nachbar hinter seine Haustür und holte einen Spaten hervor; damit schlug er meinen Vater ins Gesicht. Dann verschwanden die beiden Übeltäter. Mein Vater wankte blutüberströmt in unseren Laden. Meine Mutter wurde ohnmächtig, denn sie konnte kein Blut sehen. Der Vater kam ins KZ. (Der Nachbar soll nach dem Krieg eine OdF-Rente erhalten haben. Und er wurde später namentlich zusammen mit anderen Opfern des Faschismus auf einem Gedenkstein geehrt.)

Eine leidvolle Zeit begann für meine Mutter. Später, als mein Vater schon tot war, erzählte sie von ihren Vorfahren, die alle auf Burgen gelebt hätten (24. April 1945). An diesem Tag sah ich sie das letzte Mal.[9]

---

[9] In ihrem Manuskript aus den 70er Jahren schrieb meine Mutter ihre Erinnerung an ein Gespräch mit ihrer Tante Martha auf. Sie erzählte ihr von ihrem letzten Gespräch mit der Mama über die Vorfahren. Martha erwiderte darauf, dass auch unter ihren Vorfahren mütterlicherseits Adlige gewesen wären, nämlich von Speck. Ich selbst behandle diese wertvollen mündlichen Überlieferungen als Legenden und habe mit meinem Sohn Bernd genealogische Nachforschungen begonnen, um deren Wahrheitsgehalt herauszufinden.

Abbildung 10: Margots Mutter, Elly Jäger.

Welche Erinnerungen ich an meinen Vater habe?

Er war ein Parteifunktionär: Propagandaleiter und Kulturleiter, arbeitete auch als Schriftsetzer und druckte Flugblätter. Als er das Buch „Mein Kampf" von Hitler gelesen hatte, befürchtete er, dass eine leidvolle Zeit für viele Menschen kommen würde; deshalb plädierte er für Ernst Thälmann.

In unserem Geschäft trafen sich die Kader der Partei. Der Mann, der eine merkwürdige Frisur, die Glatze mit Abreißkalender genannt wurde, trug, hatte einen einprägsamen Namen, nämlich Podubrien. Ich fand es immer sehr lustig, wenn die Genossen aus mehreren Richtungen mit ihren Stühlen eilig durch die Gegend liefen und in unserem Kaufladen verschwanden. Zu mir sagten sie: „ Margot, du kannst spielen gehen." Papa gab die Parteiarbeit nie auf, auch nicht nach dem Verbot der KPD unter der Ebertregierung und im Hitlerregime.

Zu Feiern oder zu besonderen Anlässen fanden unter Leitung meines Vaters Kulturveranstaltungen statt. Er versorgte ebenso die umliegenden Ortschaften mit Lebensmitteln und auch Speiseeis. Weil die meisten Leute kein Geld hatten, bezahlten sie mit Eiern. Unser Nachbar war Lumpenhändler. Für diesen brachte mein Vater gebrauchte Kleidung mit. Die guten Kleider wurden an arme Menschen verschenkt. Frau Schiebeck trennte von den anderen die Knöpfe ab und schenkte sie meiner Mutter. Zur Kirmeszeit hatte unser Vater drei Stände. Je eine Bude mit Lebensmitteln und Würstchen, Kurzwaren und Speiseeis.

Unsere Nachbarn waren mit seiner Politarbeit nicht einverstanden. Er wurde provoziert. Ich war noch ein kleines Kind, als ein Nachbar mir eine Laterne mit Hakenkreuz schenkte. Mein Vater riss mir die Laterne aus der Hand, warf sie empört weg und zertrat sie.

Abbildung 11: Margots Vater Otto Jäger.

Zu V 1646/34.

(Ortspolizeibehörde)

Tangermünde

Tangermünde, den 1. V. 1935

U.R.

an die Staatspolizeistelle

in

Magdeburg

Sp. Kartei
keine Vorgänge.

Staatspolizeistelle Magdeburg
4. MAI 1935
1492/45

D.. Arbeiter Otto Jäger ......, wohnhaft in Tangermünde,
(Vor- und Zuname)

Kathr. Ziegler Straße Nr. 1.

geb. am 19. VII. 1901 in ...., hat hier

die Ausstellung

eines Wandergewerbescheines
eines Legitimationsscheines (§43 Gew.O.)
einer Legitimationskarte (§44a Gew.O.)
eines Erlaubnisscheines (§42b Gew.O.)

zum Handel mit ...

(Art des Gewerbes)

beantragt. D.. Antragsteller ... ist wegen Hoch- oder Landesverrats
noch nicht bestraft - durch Urteil des
Volksgerichtshofs
Reichsgerichts
Kammergerichts vom .... Aktenz. ....
Oberlandesgerichts
zu ....
(Strafmaß)

verurteilt worden. Im übrigen ist hier über d.... Antragsteller
in politischer Hinsicht nichts folgendes bekannt: ...

Unter Bezugnahme auf den Runderlaß des Herrn Reichswirtschaftsmini-
sters und Preußischen Ministers für Wirtschaft und Arbeit vom 14.
September 1934-V 1646/34 - bitte ich um gefällige Mitteilung, ob an-
zunehmen ist, daß der Gewerbbetrieb zu staatsfeindlichen Zewcken
mißbraucht werden wird. Auf welche Tatsachen wird gegebenenfalls
diese Annahme gestützt?

Zu St.M.P.921 II.   Als

Tangermünde, den 27. 4. 1935

Der _Otto Jäger jun._

von hier _Schützenstraße_ No. 1

wohnhaft, geboren am 19. IV. 1901

in _Jerse_ Kreis _Stendal_

beantragt die Erteilung eines Wandergewer-

bescheines für das Jahr 1935 zum Handel

mit _Käse, Geflügel, Kurz- u. Schnitt-_

waren, Galanterie-, Schmuck, Stahl-Spiel-

und Glaswaren, Papier und

Bücher, Geschirren u. Drechslerwaren. _............._

Der Jahresertrag wird auf ____/___ RM. _............._

geschätzt; das Anlage - und Betriebskapital

beträgt _____/_____ Reichsmark.

P e r s o n a l i e n.

Größe: 1,63 m Augen _blau_

Haare: _dkbl._

Besondere Kennzeichen: _Narbe an der rechten_

Der _........................._ besitzt _Wange_

für das Jahr 193_ einen Gewerbeschein zum

Handel mit

ausgestellt am _........................._ 193_

unter Nr. _........._ (: _........._ RMark:)'

Antragsteller hat 2,- Reichsmark Ver-

waltungsgebühr entrichtet.

R. W. O.

Jäger jun. Schütze

Abbildungen 12 & 13: Neuer Wandergewerbeschein 1935, nach der
ersten Inhaftierung im KZ.

Wie meine Mutter und mein Vater als Eltern waren

„Wie waren Elly und Otto als Eltern?", wollte Frank wissen. Streng? Großzügig? Behütend? Viel weg? Unterstützend?

Meine Eltern waren sehr großzügig, tolerant und verständnisvoll. Durch den Handel und die Parteitätigkeit mussten wir Kinder oft allein bleiben. Sie waren trotzdem sehr liebevolle Eltern. Ich verehrte beide. Wir wurden in jeder Hinsicht anständig erzogen. Sie schimpften nie, fragten höchstens nach dem Grund, wenn an unserem Tun etwas zu beanstanden war. Notlügen aus Furcht vor Strafen waren nicht nötig.

Wenn genug Zeit und Lust vorhanden war, dann machten wir gemeinsam Gesellschaftsspiele; auch Wandern, Radfahren, Wettläufe oder das Singen bereiteten uns viel Freude. Für unsere Versorgung ließ sich unsere Mutter auch in den schlimmsten Notzeiten immer etwas einfallen. Sie war für uns sechs Geschwister alles. Vater wurde ja gleich nach der Machtübernahme durch Hitler in die frühen Konzentrationslager (1933 - 1934) und später erneut als sogenannter Rückfalltäter in verschiedenen KZ (1935 - 1937) inhaftiert und konnte somit lange Zeit nicht bei uns sein. Mutter machte alles selbst. Ich half ihr gern im Haushalt. Durch ihren Vater hatte sie große Kenntnisse in der Krankenpflege, so dass ich nie zum Arzt musste, ausgenommen zum Zahnarzt. Als mir ein Backenzahn ohne Betäubung gezogen wurde, fiel sie ohnmächtig um. Unsere Mutter nähte Kleider für uns, strickte wundervolle Pullover und Strümpfe usw.

Mein Vater bewirtschaftete einen Garten und züchtete Rassekaninchen, hauptsächlich Angorakaninchen. Er war Mitglied im Tierzuchtverein und führte exakt Stammbücher. Die

Tiere, 45 Angora- und andere Kaninchen, hatten eigene Namen und Abstammungsdaten. Ich half gerne beim Füttern und der Schur ...

Mein geliebter Vater war durch seine Inhaftierungen leider viel zu wenig bei uns.

Die Fragen meines Enkelsohns regten mich dazu an, meine Kindheitserinnerungen ausführlicher zu schildern, womit ich am 13.02.2017 begann. Ich wählte den Versprecher von Walter Ulbricht als Titel des Buches.

Einige Gedichte über meine Kindheit und Eltern

Das deutsche Mädchen

Anni Margot Skorupa
2015

„Du deutsches Kind,
sei immer treu und wahr,
lass nie die Lüge
deinen Mund entweihen,
denn von alters her
in deutschen Landen
war's der höchste Ruhm
getreu und wahr
zu sein!
Bedenke es! Oh Deutschland!"

Diesen Spruch lernte
das kleine Mädchen
Anni in der Schule.
Weil es von Anfang an
einen hohen Gerechtigkeitssinn hatte, richtete es
seinen Lebensstil nach
diesem Prinzip aus.

Es benahm sich seinen
Mitmenschen gegenüber nach
eigenem Ermessen
verständnisvoll und tolerant.
Wenn es der Meinung war,
dass sich Menschen schlecht
verhielten, dann versuchte es
den Grund für das negative
Benehmen zu erfassen.

Später wurde der Anni klar,
dass sie kein echtes
deutsches Mädchen war,
denn die Vorfahren
kamen aus „ganz Europa",
sogar der Opa hatte Wurzeln
im Ausland (in Frankreich).

Heute freut sich die Anni,
dass sie eine Europäerin ist,
denn seit vielen
Jahrzehnten wünscht sie
ein „vereintes Europa".

Sonderbarer Laden

(Versammlungsort in der „Wohnsiedlung Kleinasien")

Anni Margot Skorupa
01.07.2015

Als ich ein kleines Mädchen war,
fand ich es sonderbar,
wenn erwachsene Männer
in unseren kleinen
„Tante-Emma-Laden" eilten
und dort eine Zeit lang verweilten.

Um sich wohler zu fühlen,
saßen sie auf mitgebrachten Stühlen,
denn die eine Bank im Laden
reichte nicht für alle Kameraden.
Sie kamen immer wieder
und sangen Kampf(es)lieder.

Mein Vater war ein Funktionär,
die Genossen verehrten ihn sehr.
Dann kam die Hitlerzeit.
Otto erlebte sehr viel Leid.
Er erhoffte den Weltfrieden,
aber die Mitmenschen
verkannten seine Bedenken.

Sie fürchteten den Hitler nicht,
verkannten seine Absicht;
er verstand es,
ein ganzes Volk für sich zu gewinnen.
Die Hoffnungen meines Vaters
waren am Entrinnen.

Riemenpeitsche mit Bleikugeln[10]

Anni Margot Jäger
Wahrscheinlich 1948

Riemenpeitsche mit Bleikugeln.
Ein entsetzlich misshandelter Körper.
Der ganze Leib zeigte Spuren
von Peitschenhieben.
Aus vielen kleinen Verletzungen,
hervorgerufen durch die Bleikugeln,
rieselte das Blut
am misshandelten Körper herunter.
Eine große Lache bildete sich.
Das geschundene Opfer
brach blutig zusammen.
Man goss mehrere Eimer
Wasser über ihn,
bis er wieder
zu Bewusstsein kam.
Eine Falltür öffnete sich
und er wurde hinabgestoßen.
(Diese Unmenschen
waren Handlanger derer,
die später ein ganzes Volk
ins Unglück stürzten.)
Ein schmerzhaftes Zucken
durchlief seinen Körper.
Ein langunterdrücktes Stöhnen
entrang sich seinen Lippen.
Die scharfen Augen
eines Leidensgenossen
blickten angestrengt durch die Dunkelheit
in Richtung des totwunden Genossen.

---

[10] Dies schrieb Margot als Studentin im Hörsaal bei einer Physik-Vorlesung.

Mutter schrie

Anni Margot Skorupa

Im letzten Schuljahr
flüsterte ein Lehrer mir zu:
„Der Mensch ist die
größte Bestie auf Erden",
was mich sehr verwunderte.
Später erzählte
mir meine Mutter
von den Gräueltaten,
die Hitler duldete,
darüber sehr erzürnt,
voller Verachtung
und Empörung,
sie sein Konterfei zerschlug
und schrieb ein Buch
über die Gräueltaten.

Es lauerten Verräter
und die Täter
suchten meine Mutter
als Opfer aus,
trieben sie aus ihrem Haus,
nahmen sie fort
an einen berüchtigten Ort.
Man quälte sie,
bis sie vor Schmerzen
schrie.

Anni

Anni Margot Skorupa
2014

Anni war erst sieben,
die Wut der Schwester
so übertrieben.
Sie wusste nicht,
worum es geht.
Zum Fragen war
es zu spät.
Eine Schimpftirade
erfolgte gerade.
„Es ist nicht zu fassen,
immer muss ich
die beschissenen
Hosen auswaschen!"

Anni wusste nicht,
dass der Ernst in
die Hosen schiss.
Sie saß in der Stube
und stopfte Strümpfe
für die kleinen
Schlümpfe.

Der nächste Tag
war sehr heiß.
So ein Scheiß,
Ernst' Hosen waren
wieder voll,
das fand die Anni
nicht so toll!

Sie wollte nicht
verzagen
und tat deshalb
den Hermann fragen:
„Hilfst Du mir
die Wanne tragen?"
Zusammen stellten
sie die Wanne
vor das Haus,
das sah lustig aus.

Als die erste Hürde
war getan,
da musste nun
das Wasser heran.
Oh Graus,
die Wasserpumpe
war hinterm Haus.

Zu Zweit schafften
es die beiden,
den schweren Eimer
zu tragen.
Anni brauchte
nicht verzagen.
Sie setzte den Bruder
in das eiskalte
Wasser rein
und zur Gesellschaft
den Otti mit hinein.

Sie erfüllte
ihre Pflicht,
das schadete
den Kindern nicht.

Meine Kunsterziehung

Anni Margot Skorupa
2015

Meine „Kunsterziehung"
begann im Alter von
zwei Jahren,
das war 1930;
trotzdem fing ich
erst dreißig Jahre später
mit der Malerei an,
und dies auch
nur durch Zufall.

Eine Schulkameradin
von früher
fragte mich:
„Was machst du
in Halle?
Malst du da etwa?"

Erstaunt fragte ich:
„Wie kommst du denn
darauf? Wieso ich?"
Rosemarie
Hildmann
bewunderte damals
meine Schulzeichnungen,
Mann!

Im Jahre 1942 malte ich im Schulunterricht ein Plakat ab: „Der Blutsonntag von Bromberg"[11]. Ich galt als die beste Zeichnerin[12] der Klasse, was ich damals gar nicht wusste.

Der Zeichenlehrer reichte im Unterricht gern meine Zeichnungen herum und sagte: „So wie Margot müsst ihr zeichnen!" Dass Rosemarie sich daran noch erinnern konnte!

---

[11] Diese Zeichnung hat meine Mutter bereits 2015 in unserem gemeinsamen Buch veröffentlicht. Ingrid Ursula Stockmann & Anni Margot Skorupa: Auf Nilpferde hört man nicht, Gedichte-Duell zwischen Tochter und Mutter, BoD Norderstedt, 1. Auflage 2015, S. 101.

[12] Mutters Bruder Ernst hat kürzlich darauf hingewiesen, dass seine Schwester als Schülerin ebenso die beste im Handarbeiten war. Für zwei selbst gestrickte Pullover erreichte sie den 1. Platz.

1942

Abbildung 14: 1942 malte die beste Zeichnerin im Schulunterricht ein Plakat ab.

Sogar einen Schulaufsatz, von mir am 07.11.1942 geschrieben und bis heute aufbewahrt, hat Ingrid in unser Buch mit hineingebracht:

Aufsätze
3.   7.11.42.
Der Traum.
Nach dem Gedicht von Walther
von der Vogelweide.
Es war an einem schönen Son-
ntagmorgen. Die Sonne schien heiß hernieder. Der Dichter suchte unter einer schattigen Linde Schutz vor den
Sonnenstrahlen. Neben ihm plätscherte munter ein Bächlein entlang.
Es schlängelte sich durch den Wald.
Das Rauschen und Plätschern klang
wie eine schöne Melodie und
ließ ihn bald einschlummern.
Ihm träumte, er wäre ein mächtiger König, und jedes Reich müß-
te ihm dienen, alle Tage kön-
te er sich die besten Speisen wün-

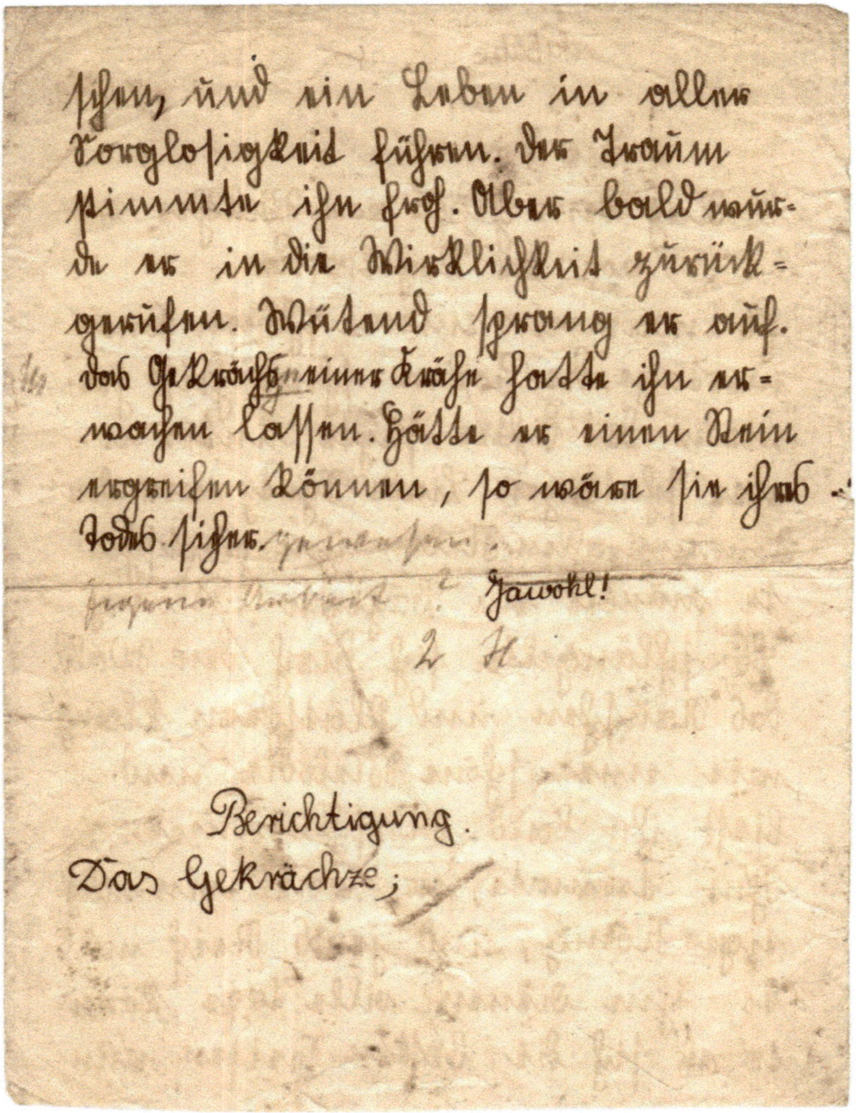
sehen, und ein Leben in aller
Sorglosigkeit führen. Der Traum
stimmte ihn froh. Aber bald wurde er in die Wirklichkeit zurückgerufen. Wütend sprang er auf.
Das Gekrächz einer Krähe hatte ihn erwachen lassen. Hätte er einen Stein
ergreifen können, so wäre sie ihres
Todes sicher.

Jawohl!

2 H

Berichtigung.
Das Gekrächze;

Abbildungen 15 & 16: Auf Nilpferde hört man nicht, 1. Auflage, S. 172.

Der Traum.

Nach einem Gedicht von Walther von der Vogelweide.

Es war an einem schönen Sommertage. Die Sonne schien heiß hernieder. Der Dichter suchte unter einer schattigen Linde Schutz vor den Sonnenstrahlen. Neben ihm plätscherte munter ein Bächlein entlang. Es schlängelte sich durch den Wald. Das Rauschen und Plätschern klang wie eine schöne Melodie und ließ ihn bald einschlummern.

Ihm träumte, er wäre ein mächtiger König, und jedes Reich musste ihm dienen, alle Tage könnte er sich die besten Speisen wünschen und ein Leben in aller Sorglosigkeit führen. Der Traum stimmte ihn froh. Aber bald wurde er in die Wirklichkeit zurückgerufen. Wütend sprang er auf. Das Gekrächze einer Krähe hatte ihn erwachen lassen. Hätte er einen Stein ergreifen können, so wäre sie ihres Todes sicher gewesen.

Mein Lehrer schrieb mit Rotstift darunter: „Eigene Arbeit?" Mein Vater antwortete darauf mit „Jawohl!" Einsen waren bei uns sowieso nicht üblich; allgemein war die Zwei die beste Note.

Im Jahre 2015 schrieb ich folgendes Gedicht für Ingrid:

Goethe übertroffen

Anni Margot Skorupa
Januar 2015 („Nilpferdbuch" S. 400)

„Ingrid,
weißt du es schon?
Ich habe Johann Wolfgang von
Goethe übertroffen!"

„Was sagst du da,
bist du besoffen?"

„Nein, nein!,
ich bin nicht besoffen,
ich sag' es ganz offen,
natürlich nur an Jahren.
Ich habe erfahren,
dass er mit 82 starb.
Ich bin jetzt 86
und hoffe, dass das Ende
nicht kommt sobald!"

„Drum spinne ruhig weiter,
und werde 100 alt,
denn das macht
uns heiter!"

Nachwort

Beinahe hätten unsere Eltern 1945 den Frieden miterleben können. Unserem Vater fehlten daran noch ein viertel Jahr und unserer Mutter zehn[13] Tage. Sie kehrte nicht zu uns nach Premnitz zurück.

Unser Vater liegt in einem Reihengrab auf dem Ehrenfriedhof in Wellmitz an der Oder.

Seit Ende 1945 galt meine Mutter als vermisst, bis sich mein damals zehnjähriger Bruder Ernst mit seinem eigenen Suchergebnis an die Mordkommission wandte, die deren Wahrheitsgehalt zu prüfen versuchte. Die Wahrscheinlichkeit ihrer Ermordung durch einen jugendlichen Werwolf ist sehr hoch. Alle Augenzeugen sind längst verstorben. Die Gebeine meiner Mutter scheinen in einem kleinen Massengrab auf dem Mögeliner Friedhof zu liegen. In Ermangelung an eindeutigen Beweisen „ruht der Fall".

Vielleicht hatte meine zweitälteste Schwester doch zeitnah von einem Augenzeugen aus der Familie ihres in Kriegsgefangenschaft getöteten Verlobten gehört, dass Ende April 1945 in Mögelin in einem Sandhaufen eine tote Frau gefunden wurde. Die Beschreibung der Leiche entsprach dem Aussehen und der Kleidung nach unserer Mutter. Diese Frau soll laut dem Augenzeugen anonym auf dem Friedhof ihres Sterbeortes begraben worden sein. Womöglich wollten mich die beiden älteren Schwestern schonen und ein Überleben unserer Mutter nicht ganz ausschließen, weil ich so an ihr hing. Doch so

---

[13] Margot vermutete, dass ihre Mutter am 29.04.1945 zu Tode kam.

konnten ich und die drei jüngeren Brüder an keinem Grab trauern. Meine Brüder waren erst zwölf, zehn und sieben Jahre alt, als sie zuerst den Vater und dann auch noch die Mutter verloren.

Meine Eltern wurden tot geschwiegen. Damit soll jetzt Schluss sein![14]

---

[14] In einem zweiten Band wollte meine Mutter, Anni Margot, ihre Erinnerungen an ihre gestohlenen Eltern in der Zeit von 1943 bis 1945 veröffentlichen sowie aus ihrem Leben mit der verwaisten Kinderfamilie berichten und in einem dritten ihren Erlebnissen nach dem Krieg sowie in der damaligen „Diktatur des Proletariats" Ausdruck verleihen. Dazu liegen schriftliche Aufzeichnungen von ihr selbst in Romanform und „Gedächtnisprotokolle" von mir über ihre Erinnerungen vor. Die Autorin hat Aufzeichnungen (ebenso in Romanform) über ihre erste Tochter, die dauerhaft an den Folgen einer komplexen posttraumatischen Belastungsstörung mit einer „komplexen Entwicklungsstörung Frühtraumatisierter" leidet, zur Veröffentlichung hinterlassen.

Anhang 1

Abbildung 17: Das Grab von Margots Vater auf dem Ehrenfriedhof in Wellmitz an der Oder.

Abbildungen 18 & 19: Das mutmaßliche Grab von Margots Mutter auf dem Friedhof in Mögelin.

Abbildung 20: Tafel zur Ehrung der Opfer des zweiten Weltkrieges in Mögelin, auch mit dem Namen von Margots Mutter, Elly Jäger.

Ausführungen über das Leben der Autorin und ihrer Familie

von Tochter Dr. Ingrid Stockmann (geborene Skorupa) in lieber Erinnerung

Über die letzten Aufzeichnungen der kranken Autorin

Am 13.02.2017 schrieb die Autorin erstmals und am 07.11.2018 zuletzt an ihrem Manuskript. Sie wurde wieder schwer krank, war von Blutungen aus verschiedenen Blutungsquellen (Körperöffnungen), Darmbeschwerden und anderen Symptomen geplagt, und ihr Sehvermögen ließ immer mehr nach. Sie litt sehr darunter, nicht mehr malen und zeichnen zu können und meinte dazu, sie hätte das Malen verlernt. Manchmal sah sie auch uns Töchter nur noch sehr verschwommen. Unsere Mutter war in der DDR Volkskunstschaffende.

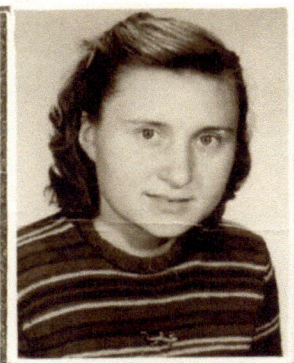

ZOOLOGISCHER GARTEN HALLE

Ehrenkarte 1969

Gültig vom 1. 1. 1969 bis 31. 12. 1969

Nr.   114

für   Margot Skorupa

Wohnung   Halle(S.) Wolfensteinstr. 10

Beim Betreten des Gartens bitte vorzeigen! Ohne Lichtbild ungültig!

IV/10/9 Pz   2944/68   1160

Abbildung 21: Malwettbewerb 1969, Ehrenkarte für den Zoologischen Garten Halle, abgebildet auch im Buch von Ingrid Ursula Stockmann, Vorsicht Zooschreck, BoD, Norderstedt, 2016, S. 96.

ZOOLOGISCHER GARTEN HALLE

Zoo-Verwaltung: Fasanenstraße 5a - Fernruf 2 68 44
Bankverbindungen: IHB Halle 3781 - 27 - 50652
PSA Magdeburg 29 022

402 Halle (Saale), den

Sehr geehrter Teilnehmer am Zeichenwettbewerb!

Einige Ihrer eingesandten Bilder wurden
im Puschkinhaus oder im Zoo der Öffentlichkeit vorgestellt. Die Ausstellung im
Affenhaus läuft Anfang November aus.

Um Beschädigungen beim Verschicken vor-
zubeugen, bitten wir Sie, Ihre Bilder im
Verwaltungsgebäude des Zoologischen Gartens beim Koll. Karsten möglichst vor-
mittags abzuholen.

Mit freundlichen Grüßen

(Dr. Witstruk)
Zoodirektor

Gerichtsstand für beide Teile Halle (Saale)

IV/10/9 Pz Q 003/3/69 500

Abbildung 22: Brief mit der Bitte, die Bilder persönlich abzuholen.

Mit ihrem medizinischen Verständnis konnte meine Mutter ihre Situation erfassen und beschloss, sich nicht mehr invasiven diagnostischen und therapeutischen Maßnahmen zu unterziehen. Eisern kämpfte sie mit unserer Hilfe in ihrem häuslichen Umfeld täglich gegen das Nachlassen ihrer Kräfte an. Wir gaben ihr gern von unseren Energien etwas ab.

„Die Geschichte über die Ankunft meines jüngsten Bruders Hans kennst du ja, ich erzähle sie dir kurz noch einmal. Bitte schreib du sie auf", bat mich meine Mutter.

Unsere Mutter wusste vor ihrem Tod, dass ihr ältester Enkel Bernd als Verleger und ich, ihre jüngste Tochter, bereits an den Vorbereitungen für die Veröffentlichung ihrer Kindheits- und Jugenderinnerungen arbeiteten. Die interessierten Fragen ihres jüngsten Enkels Frank hatten sie zum Aufschreiben ihrer Erinnerungen angeregt.

Ihr wurde schmerzlich bewusst, dass sie sich vom Leben und von uns verabschieden muss. Die noch verbleibende, kostbare Zeit wollte Margot jedoch nicht im Bett liegend, sondern mit uns gemeinsam in der Natur und mit Gesprächen, verbringen. Zunächst gelangen ihr durch große Willensanstrengung noch kleine Ausflüge ohne und schließlich mit Rollstuhl, um sich nicht zu Hause eingesperrt zu fühlen.

Von 1928 bis zum Schulabschluss 1942

Meine Mutter, Anni Margot Skorupa (geb. Jäger), wurde 1928, fünf Jahre vor der „Machtübernahme", geboren. Über ihre Ankunft im Leben schrieb sie in ihrem Manuskript (in Romanform) aus den 70er Jahren folgendes:

„Es war vor langer Zeit im vorigen Jahrhundert, als im November Annegret das Licht der Welt erblickte. Graue Nebelschwaden verdunkelten die Landschaft. Es war bitterkalt und der Frost hatte die schönsten Blumenmuster an die Fensterscheiben gezaubert. Die Hebamme sagte lapidar, dass es diesmal wieder ein Mädchen sei.

Voller Enttäuschung und Bitterkeit wendete die Wöchnerin das Antlitz vom neuen Erdenbürger ab. Wie sehr wird erst ihr Ehegatte enttäuscht sein und sich von ihr abwenden! Die kleine Lilo und Irmela wollten vom neuen Schwesterchen auch nichts wissen, denn sie hatten sich so sehr ein kleines Brüderchen gewünscht. Das Liedchen, das sie in freudiger Erwartung immerfort trällerten, hatte ihnen auch nichts genutzt. Der Text lautete: ,Bringt uns der Storch einen Buben ins Haus, so drollig und so nett, dann nehmen wir ihn in den Arm und nehmen ihn mit ins Bett! Wir herzen und wir küssen ihn, wir haben ihn so lieb, du bist Papa und ich die Mama! Unser kleiner Racker ist da!'

Aber wie schon angedeutet, es handelte sich um ein ungeliebtes Wesen. Voller Groll dachte die junge Frau: ,Warum hat mir der liebe Herrgott keinen Sohn geschenkt?' So dachte auch der holde Ehegatte. Er gab seiner unglücklichen Frau die alleinige Schuld, dass es diesmal wieder kein Bub war. Er suchte bei einer anderen Frau Trost und ließ sich eine Weile nicht blicken.

In einigen Fürstenhäusern wurden die armen jungen Frauen sogar verstoßen, wenn nicht der gewünschte Nachwuchs geboren wurde. In vorgrauer Zeit

104

wusste man noch nicht, dass nur der Mann für das männliche Geschlecht ‚verantwortlich‘ ist. Es kann ja nur geerntet werden, was vorher gesät worden ist. Birnensamen bringen keine Äpfel. Man gab hartnäckig der Frau die Schuld am unerwünschten Nachwuchs.

Das hilflose kleine Wesen wurde mit Groll und Ablehnung bestraft, die in sträfliche Nichtbeachtung ausartete, als hätte es an seiner unerwünschten Geburt selbst Schuld gehabt. Der kleine Säugling spürte an Stelle von Liebe und Zärtlichkeit [15] nur Ablehnung und Verachtung. Das war für den Start ins neue Leben hart. Voller Verzweiflung und Empörung schrie Annegret so laut und erbarmungslos und ‚tyrannisierte‘ damit ihre Mitmenschen, die sogenannte Familie. Vor lauter Anstrengung lief sie blau an und erstickte. Das Leben hatte kaum begonnen, so war es auch schon zerronnen. Bei so viel Missachtung kann nur ein schneller Tod Abhilfe schaffen. ‚Endlich‘ war es so weit, für Reue blieb keine Zeit? Oder sollte es doch noch ein Drei-Mädel-Haus werden?

Der Gehirntod war noch nicht eingetreten. Ob es noch Rettung gab? Die Schwiegermutter machte der jungen Frau Vorwürfe: ‚Wie konntest du nur so herzlos sein und zugucken, wie das arme Kind erstickt. Das ist deine Tochter und du hattest die Pflicht, dich um das hilflose Wesen zu kümmern. Sieh zu, wie du mit deiner Schuld zurechtkommst.‘

Ein verzweifelter Aufschrei: ‚Was habe ich getan? Hilf mir lieber Herrgott und lasse dieses Kind leben.‘ Sie leitete Wiederbelebungsversuche ein. Nach größter Anstrengung hatte sie endlich Erfolg, dass das kleine Unglückswürmchen wieder zu atmen begann. Die blaue Verfärbung verschwand; ein hübsches Gesichtchen mit großen blauen Augen und goldblonden Haaren erstrahlte in voller Schönheit.

---

[15] Annis Mutter, Elly Jäger, meine Großmutter, war aus meiner Sicht objektiv überfordert und könnte nach der Entbindung für kurze Zeit depressiv reagiert haben. Aber sie war eine Kämpferin, ein hartes Leben wartete weiterhin auf sie, welches bewältigt werden musste.

In früherer Zeit hatte die Mutter in Essen mit ihrem Vater in einem Krankenhaus gearbeitet: Sie versuchte sich als Krankenschwester. Weil sie kein Blut sehen konnte, gab sie die Stellung auf und lernte Koch und Konditor in einem Schloss-Hotel an der Nordsee.[16]

Im Geiste der Mutter ging eine Wandlung vor: ‚Dieses Kind muss ich in Zukunft hüten, damit es keinen Schaden erleidet. Ich will es fortan vor Ungemach schützen.‘ Zu allem Überfluss hatte die Hebamme, Frau Stockmann, orakelt: ‚Dieses Kind wird nicht alt werden!‘

Die Schwestern wollten das kleine Mädchen dann doch haben - aber erst, als die Nachbarn das kleine Wesen lobten, waren sie stolz auf die kleine Schwester. Lilo schleppte das Schwesterchen umher und zeigte es voller Stolz den Kindern.“

Anni Margot („Annegret“) war ein kluges, hellwaches Mädchen und lernte sehr schnell. Beispielsweise sang Anni als Kleinkind „Das Lied der Deutschen“ nach, welches ihre Schwestern in der Schule gelernt hatten: „Deutschland, Deutschland über alles, über alles in der ‚Weut‘.“ Die beiden großen Mädchen zogen die Kleine damit auf und wollten, dass sie immer wieder „in der Weut“ singt, bis sie etwas merkte. Anni wurde oft von ihren Schwestern geärgert und verspottet und wusste noch nicht, dass diese nur deshalb mehr konnten, weil sie fast vier und sechs Jahre älter als sie waren. Einmal habe sie ihrer Mutter ihr Leid geklagt. Diese hörte ihr aufmerksam zu und sagte: „Zur Strafe müssen deine Schwestern barfuß ins Bett.“ Anni war verwundert und dachte: ‚Komisch, ich gehe doch auch immer barfuß ins Bett.‘ ‚Aha, man soll nicht petzen‘, überlegte sie.

---

[16] Nach der Überlieferung in Gröningen an der Nordsee (Groningen in den Niederlanden).

Meine Mutter erinnerte sich, dass sie bereits als kleines Schulkind immer rechtschaffen, treu und ehrlich sein wollte, wie es das damalige, unaufrichtige Regime besonders für Mädchen vorgab. 2015 schrieb sie diese Erinnerung in Gedichtform nieder.

Sie war gerade in die Schule gekommen, als sie zusammen mit der ältesten Schwester Lilo-Fee, dem jüngeren Otto, dem sieben Wochen alten Baby Ernst sowie ihrer Mutter für einen Tag im Tangermünder Polizeigefängnis in der Nikolaikirche eingesperrt wurde. ‚Zum Glück sind Osterferien und meine Klassenkameraden haben nichts mitbekommen', dachte Margot damals. Die auf sie traumatisierend wirkenden Schreie ihrer Mutter konnte sie nie vergessen.

Als kleines Kind hatte sie einmal zu ihrer Mutter gesagt: „ Adolf Hitler ist doch der beste Mensch von der Welt." Das dachten viele Erwachsene und, wie meine Mutter sich erinnerte, anfangs sogar ihre Mutter Elly. Durch ihre späteren Erlebnisse änderte sich Anni Margots Wahrnehmung und sie hinterfragte die „Vorbildwirkung des Führers".
Für sie wurden ihr Vater Otto und ihre Mutter Elly zum Vorbild. „Sie ließen sich nie von ihren Überzeugungen und Aktivitäten für die Verbesserung des Lebens der Menschen abbringen, selbst wenn ihr eigenes Leben dadurch immer wieder in Gefahr geriet", betonte Margot mir und meiner Schwester Margit gegenüber in gemeinsamen Gesprächen. Doch die Familie hatte Anfeindungen und Diskriminierungen zu erleiden.

Ihr Vater habe frühzeitig gewarnt: „Mit Speck fängt man Mäuse." Er sah im Nationalsozialismus eine Gefahr für den Frieden. „Wer Hitler wählt, wählt den Krieg!", habe er als Parteifunktionär und „Andersdenkender" aufklären wollen. Als Funktionär kam er nach dem Reichstagsbrand (1933), zusammen mit anderen Funktionären der KPD und SPD, u. a. in das Schutzhaftlager „Stadion Neue Welt" in Magdeburg.[17] Vor seinem Abtransport sei er im Keller eines Tangermünder Miethauses mittels einer Riemenpeitsche mit Bleikugeln misshandelt worden. Margot habe damals gespürt und gewusst, dass ihr Vater kein schlechter Mensch sein konnte. Er war gut zu Elly und den Kindern und auch anderen gegenüber immer hilfsbereit. Sie wusste von ihm, dass er bereits als Kind seinen Mitschülern geholfen hatte, indem er ihnen beispielsweise heimlich Essen zusteckte.

Als Otto im Ersten Weltkrieg mit 15 Jahren in Frankreich oder Italien zum Spatendienst eingesetzt wurde, um Schützengräben auszuheben, das wussten Margots Schwestern, muss er erlebt haben, wie schrecklich und sinnlos der Krieg ist. Durch seinen Vater, Otto senior, sei er schließlich in die Ortsgruppe der KPD in Tangermünde gekommen. Dieser hatte sich jedoch später von der Partei abgewendet und wahrscheinlich an Hitlers Versprechungen geglaubt. Er wurde Mitläufer.

(Bereits mit 18 Jahren muss Otto ein großes Vertrauen genossen haben und als Funktionär für Agitation, Propaganda und Kultur der Ortsgruppe Tangermünde gewählt worden sein, recherchierte weit nach der politischen Wende Margots Bruder Ernst.)

Margots Vater befand sich, in der Zeit von 1933 - 1934 als politischer Schutzhäftling und von 1935 - 1937 als Rückfalltäter,

---

[17] Werner Brückner: Tangermünde, Die Reihe Archivbilder, ALAN SUTTON, Erfurt, 1998, S. 40. Auf dem Foto aus dem Jahre 1933 ist u. a. ein Genosse von Margots Vater, Karl Meyer, genannt Schlappenmeyer, zu sehen. Mit ihm und anderen Genossen der Ortsgruppe wurde Otto Jäger inhaftiert.

in mehreren Konzentrationslagern. Sein ehemaliges Parteimitglied Podubrien[18] führte während Ottos Inhaftierungen an seiner Stelle die Parteiarbeit in Tangermünde illegal fort, ergaben weitere Recherchen. Nach den KZ-Entlassungen wurde Otto ebenfalls wieder in seiner Ortsgruppe illegal aktiv politisch tätig, später in Premnitz. Und er hat nicht freiwillig die SA-Uniform angezogen, er war in einem Strafbataillon, ihr ehemaligen Genossen! Das können wir nun nicht mehr klären.

Meine Mutter konnte sich noch gut daran erinnern, dass sie von ihrem Vater zu ihrem fünften Geburtstag im Jahre 1933 eine Karte aus dem Konzentrationslager Lichtenburg erhielt. Darauf war sein Porträt zu sehen, welches ein Mithäftling dort gezeichnet und mit den Initialen „J. H." signiert hatte.

Diese Karte ging später, in der ehemaligen DDR, durch mein anfänglich großes Vertrauen zu meinem Jugendfreund, verloren. Der angebliche Freund, der sich später als „Spitzel" entpuppte, hatte sich dieses wertvolle Dokument von mir zeigen und danach verschwinden lassen. Noch heute, fast zwei Jahre nach dem Tod meiner Mutter, bedauere ich sehr, ihr unabsichtlich diesen Schmerz zugefügt zu haben. „Die Karte war das einzige, was ich von meinem Vater noch hatte", höre ich sie sagen.

Im Börgermoor bei Papenburg gehörte der Schauspieler Wolfgang Langhoff[19] zu den kommunistischen Mithäftlingen von

---

18 Sigrid Brückner (Hrsg.): Tangermünde, 1000 Jahre Geschichte, Janos Stekovics, Dössel, 2008, S. 123. Otto Podubrien wurde u. a. in der DDR mit dem Vaterländischen Verdienstorden in Bronze ausgezeichnet. 1967 wurde er Ehrenbürger von Tangermünde.
19 Langhoff, Wolfgang: Die Moorsoldaten, 13 Monate Konzentrationslager, Neuer Weg, 10. Auflage, 2002.

Otto Jäger: Die Häftlinge dichteten und vertonten gemeinsam das Lied von den Moorsoldaten, konnten wir nach der Wende recherchieren. Es liegt nahe, dass Otto Jäger ebenso daran beteiligt war, denn Kreativität in Form von Gedichte-Schreiben und Musizieren gehörte in Tangermünde und Premnitz zu seinem Leben dazu. Sämtliche Häftlinge, die der KPD angehörten, hatten heimlich im Lager ein Netz von Kontakten untereinander organisiert, um gemeinsam Widerstand zu leisten.

Nach seiner Rückkehr aus den Konzentrationslagern im Jahre 1934, erzählte uns Margot, sang er zu Hause heimlich die Lieder vom Lichtenburger Lager: „Lichtenburger Lager, wir verlassen dich, Eltern, Frauen, Kinder freuen sich ...“ und von den Moorsoldaten: „Wir sind die Moorsoldaten und ziehen mit den Spaten ins Moor ...“

Margot erinnerte sich noch, dass ihr Vater aus dem Moorlager einen kleinen, selbstgefertigten Torfschuh mit nach Hause gebracht hatte.

In den Jahren 1935 - 1937 war Otto erneut in Konzentrationslagern (im Moorlager Esterwegen und in Sachsenhausen) inhaftiert.

Wichtig war für meine Mutter, dass ihr Bruder Otto kurz vor seinem Tod in Griechenland alte Dokumente an seinen Bruder Hans geschickt hatte. Darunter war eine Geburtstagskarte von Otto Jäger senior aus dem KZ Esterwegen, im Mai 1936 selbst gefertigt und geschrieben.

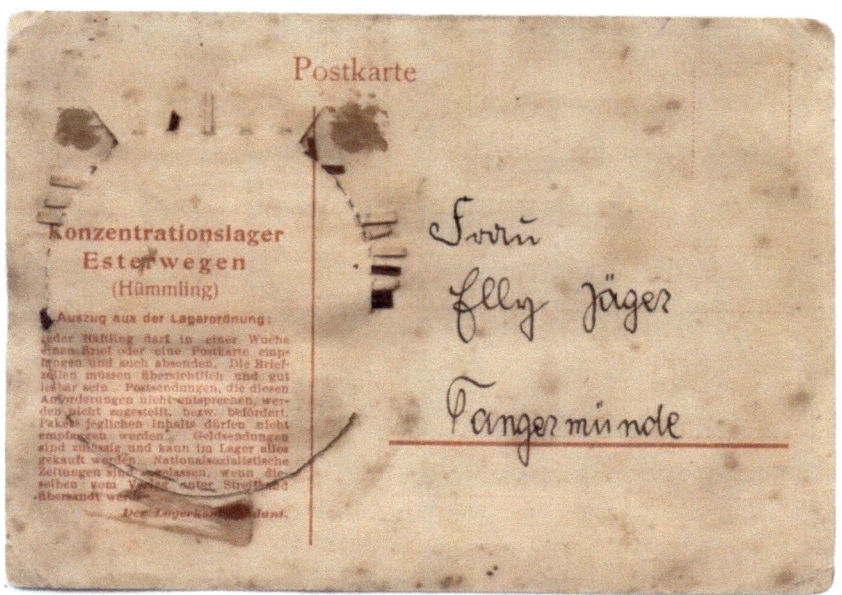

Abbildung 23: Selbst gefertigte Geburtstagskarte von Otto aus dem KZ Esterwegen.

Von Esterwegen aus kam er nach Sachsenhausen, um dieses Lager mit aufzubauen. Er hatte dort die Häftlingsnummer 000653, Strafkompanie Block 12. In den Archivunterlagen fand sich für den politischen Rückfalltäter der Vermerk „RU", Rückkehr unerwünscht.

Nach der doch erfolgten Entlassung aus Sachsenhausen (1937) sollte er sich höchst wahrscheinlich als Arbeiter im IG-Farben-Werk bewähren oder auch von den Kommunisten in Tangermünde getrennt werden. Seine Kollegen im Werk hätten ihn gern „umgestimmt", berichtete Margot. Ihr politisch engagierter und begabter Vater war beliebt. „Otto, du bist leider in der falschen Partei", hatten seine Kollegen oft bedauert. „Mein Vater ließ sich aber nicht umstimmen", sagte meine Mutter mit Nachdruck. Und Otto leistete weiter illegale Parteiarbeit, indem er beispielsweise Flugblätter druckte, die er in Premnitz heimlich verteilte. „Das war unser Vater", sagte damals die älteste Schwester Lilo. Er versuchte weiter unermüdlich vor Hitlers Politik zu warnen.

Margot wusste noch, dass ihre Mutter zu ihrem Mann gesagt hatte: „Otto, du bist so unglücklich, weil du keinen Glauben hast."
In ihrer kindlichen Logik fragte sie einmal (1933) ihre Mutter, warum denn ihr Vater nicht auch ein Nazi sei, denn dann wäre er immer zu Hause.
Sogar an die illegalen Versammlungen der Ortsgruppe der KPD in seinem Laden in Tangermünde konnte sie sich noch lebhaft erinnern, obgleich sie damals die Zusammenhänge nicht verstand, und sie schrieb im Jahr 2015 darüber ein Gedicht.

Anni Margot beschrieb im vorliegenden Buch ihre Kindheit und Schulzeit bis zu ihrer regulären Schulentlassung im Jahre 1942. Sie litt schwer unter dem Schicksal ihres Vaters. Margot kam zu dem Schluss, dass Politik nur Unglück (über die Familie) brächte und schwor sich deshalb in ihrem eigenen Leben unpolitisch zu bleiben, womit sie sich übrigens in der späteren Diktatur des Proletariats verdächtig machte und subtil unterdrückt wurde.

Wie ging es nach dem Schulabschluss 1942 weiter?

Noch schlimmer wurde das Jahr 1943 für die damals 14-jährige Margot. Sie befand sich gerade im Pflichtjahr in Garlitz, als ihre Mutter im September angeblich Äpfel geklaut hätte. In Wirklichkeit wurde Elly des Hochverrats wegen Häme gegen Hitler beschuldigt. Sie sollte im Gefängnis Brandenburg inhaftiert werden, was die Todesstrafe bedeutet hätte. Mit der falschen Diagnose „blande Schizophrenie" des damaligen Amtsarztes kam Elly auf Veranlassung der Gestapo als politischer Häftling in die Nervenklinik Brandenburg Görden.[20]

---

[20] Beatrice Falk, Friedrich Hauer: Brandenburg-Görden, Geschichte eines psychiatrischen Krankenhauses, Schriftenreihe zur Medizin-Geschichte des Landes Brandenburg, be.bra wissenschaft verlag, Berlin Brandenburg, 2007.

Staatl. Gesundheitsamt
Rathenow-Westhavelland
Tgb. Nr. Dr.B/K

Amtsärztliche Bescheinigung.

Frau Elli Ja e g e r geb. Hempel, geb. 4.5.1900 in
Dresden, wohnhaft in Premnitz, E-Str. 26, wurde von mir auf ihren
Geisteszustand untersucht.

   Es besteht bei ihr eine blande Schizophrenie. Die Unterbringung in der Heilanstalt Görden wird aus staatspolizeilichen
Sicherheitsgründen für notwendig gehalten.

Die Richtigkeit der Abschrift bescheinigt

Premnitz, den 21. September 1943

Der Amtsvorsteher
als Ortspolizeibehörde,

Der Amtsarzt
i.A.

gez. Unterschrift
Medizinalrat

Abbildung 24: Gutachterliche Stellungnahme des Amtsarztes, durch
welche Elly Jäger als politischer Häftling nicht in das Gefängnis
Brandenburg, sondern in die Irrenanstalt Brandenburg Görden kam.

Auch zur Konfirmation und zu Margots 15. Geburtstag, am
02.11.1943, befand sich ihre Mutter in Haft. Die Angst des
jungen Mädchens um seine geliebte Mama war groß. Damit es
nicht noch mehr leiden sollte, sorgte sein Vater dafür, dass es zu
den Besuchszeiten im Klinikgarten blieb. „Er hatte mir den
elenden Anblick unserer inhaftierten, entkräfteten Mutter
ersparen wollen", erklärte sie uns Töchtern.

Abbildung 25: Margot noch mit goldblonden Zöpfen, zur Konfirmation ohne ihre Mutter. Das Konfirmationskleid hatte sie sich selbst genäht und mit Smokarbeiten versehen, erzählt ihr Bruder Ernst noch heute mit Bewunderung.

Abbildung 26: Nach der Konfirmation ließ sich Margot ihre langen Haare abschneiden, was einige bedauerten. Margot hatte gar nicht gewusst, dass andere ihre Zöpfe schön fanden.

Aus meiner Sicht entwickelte meine Mutter eine emotionale Frühreife, wurde sehr ernst und verantwortungsbewusst. Sie selbst hätte sich nicht geschont und wollte ihre arme Mutter sehen. Am Heiligen Abend kam Mutter Elly durch die rettende Hilfe des ehemaligen Arbeitgebers ihrer zweiten Tochter, der ein Nazi und Wissenschaftler war, wieder nach Hause - zu ihren nunmehr sechs Kindern, erinnert sich Margots Bruder Ernst. Entlassen wurde sie jedoch am 08.12.1943.

(Ellys Rettung durch Irmelas Chef und seinen damals großen, politischen Einfluss bestätigte uns 2015 seine noch lebende Tochter: Ihr Vater kannte einen Arzt aus der Nervenklinik, dem er in einem Brief geschrieben hatte, dass Elly nicht schuldig, sondern durch die Inhaftierungen ihres Mannes mit ihren sechs Kindern überfordert gewesen und damit nicht mehr zurechtgekommen sei.)

Otto Jäger wurde im Februar 1945 an der Front in Wellmitz an der Oder - in einem Strafbataillon - erschossen. (Die Tochter von Ellys Retter bestätigte, dass Otto tatsächlich in einem Strafbataillon war.) Meine Mutter, damals 16-jährig, und ihre beiden älteren Schwestern sowie ihre drei jüngeren Brüder wurden Halbwaisen.

Abbildung 27: Todesnachricht. Otto Jäger wäre durch einen sowjetischen Scharfschützen erschossen worden, doch er erlag, wie ein damaliger Zeitzeuge meiner Mutter berichtete, nach der indirekten Aufforderung seines Kameraden, sich im Schützengraben aufzurichten, einem gleichzeitigen Kopf- und Herzschuss. Dieser soll gesagt haben: „Otto, guck mal, was ist denn da?!" Ernst recherchierte außerdem, dass die Rote Armee noch nicht bis Wellmitz vorgerückt war.

Abschrift

i.P. 14.2.1945

Sehr verehrte Frau Jäger!

Bei den Abwehrkämpfen zur Verteidigung unserer Heimat bei Wellmitz
an der Oder starb am 12.2.45 Ihr Mann der Volkssturmmann Otto Jäger
den Heldentod.
In den wenigen Tagen, da er meiner Kompanie angehörte, habe ich ö ihn
als stets bereitwilligen, pflichtbewußten und guten Kameraden kennen-
gelernt. Er starb mitten in der Erfüllung seiner Pflicht, auf Posten
vor dem Feind, von der Hand eines russischen Scharfschützen. Es war
ein schneller und schmerzloser Tod.
Möge das Andenken, das Ihren Mann von seinen Kameraden bewahrt wird
und das Mitgefühl daß wir alle Ihnen als den zunächst und zutiefst
Betroffenen entgegenbringen ein Trost in Ihrem großen Schmerze sein.
Denken Sie immer daran, daß Ihr Mann sein Bestes, sein Leben, für die
Verteidigung seiner engsten Heimat freudig für Führer, Volk und Vater-
land geopfert hat.
Sein Heldentod verpflichtet uns alle.
Seine letzte Ruhestätte befindet sich auf dem Friedhof in Wellmitz
19 Km. südlich Fürstenberg a.d.Oder.

Im tiefsten Mitgefühl

grüßt Sie mit Heil Hitler

gez.Bauer

Oberltn.undKp.Chef

Vorstehende Abschrift wird hiermit beglaubigt.

Premnitz,den 2.3.45

Der Bürgermeister

i.A. Calsen

Margot litt sehr und sorgte sich um ihre arme Mutter. Sie schrieb Trauergedichte über ihren Vater. Ihr erstes Gedicht mit 11 Jahren war noch ein froh gestimmtes - nämlich über den Frühling.

Elly Jäger ließ nicht davon ab, die Menschen über die Folgen und Aussichtslosigkeit des Krieges, die ungerechtfertigte Verfolgung von Juden und Andersdenkenden aufzuklären. Wegen der Judenverfolgung schrieb sie sogar einen Brief an Göring, wie aus ihrer Krankenakte aus der Nervenklinik (Görden[21]) hervorgeht.

---

[21] Beatrice Falk und Friedrich Hauer: Draußen auf dem Görden, Eine Zeitreise durch die Geschichte der Landesklinik Brandenburg in Wort und Bild, Herausgegeben von der Landesklinik Brandenburg, Berlin Verlag Arno Spitz GmbH.

Krankengeschichte

über

Elly Jörger geb. Hempel

Kroennitz

4.5.00 in Dresden

s Aufnahmebuches	15876							
Aufgenommen	21.9.43							
Ausgeschieden	8.XII.43							
als								

s Aufnahmebuches								
Aufgenommen								
Ausgeschieden								
als								

Elly Jörger   Buchstabe J   Nr. 9431

(Frauen)

300

Krankengeschichte

de _Elly Jäger_

aus (Wohnort) _Pommnitz_   Brdbg./Berliner Kranke_ Verpfl. Kl. _3_

aufgenommen am _21.9.43_

Geboren am _4.5.00_   Geburtsort _Dresden_   Kreis _dto._

Familienstand ledig, verh., verw., gesch., Glaubensbekenntnis (auch früheres) _ev._

Beruf _____, der Eltern _Schuhmacher_

Krankheitsbeginn _____ Zwilling? _nein_ unehel. geb.? _nein_

Erblichkeit?   Eltern blutsverwandt (Grad)? _nein_

Sind Geistes- oder Nervenkrankheiten, Trunksucht, Selbstmorde, Verbrechen, auffallende Wesensart
oder Begabung vorgekommen bei

Vater? _____ Mutter? _nein_

Großvater? -mutter? Onkel? _angeblich_ a) von Vaters? b) Mutters Seite?

Geschwistern? _angeblich nein_   andern Verwandten?

Nachkommen?

Andere Ursachen der Geistesstörung? Welche?

Lues? _____ Trauma? _____ Krämpfe? _____ Süchten?

Sonstiges Vorleben?

Strafrechtliche Verfahren?   Wegen?

Bestraft? _nein_   wann?

War Kr. schon in einer Irrenanstalt?*) _nein_   wie?

Krankheitsform? vorläufig _Verdacht auf Schizophrenie?_

endgültig?   Nr. d. Diagn.-Berz. _14?_

3. Beobachtung auf

Ergebnis?

Erbkrank? _____ Anzeige am _____ Steril.-Antr. am _____ Operiert am

Selbstmordneig.? _____ Fluchtverd.? _____ Gemeingefährl.?

Entmündigung? _____ Vormund?

Pflegschaft? _____ Pfleger?

Ausgeschieden am*) _8.XII.43 nach Hause mit Genehmigung
der Gestapo._

*) Näheres Außen- u. Innenseite des Umschlages.
Anst. I 5
2. 40 5000

Sippentafel angelegt _664_

Abbildungen 28 & 29: Krankenakte von Elly Jäger aus der Irrenanstalt
Brandenburg Görden.

Schließlich wurde sie im April 1945 in Mögelin durch einen jugendlichen Nazi (Werwolf) erschossen, weil sie polnischen Zwangsarbeitern half, was als Hochverrat galt. Die „Rote Armee" war im Vormarsch und ein „Aufstand" der Zwangsarbeiter wurde befürchtet. Der jugendliche Mörder wähnte sich offenbar im Recht, der sechsfachen Mutter und Witwe in den Rücken zu schießen. Wäre seine Tat bekannt geworden, hätte er mit hoher Wahrscheinlichkeit sein eigenes Leben in einem Lager der Siegermacht verloren.

Was aber wollte Elly in Mögelin? Sie hatte sich zu Fuß auf den Weg nach Rathenow zu dem Nazi, der sie aus Görden gerettet hatte, gemacht. Ihre zwei Töchter, Anni Margot und Lilo-Fee, hielten sich in seinem „Nazihaushalt" auf, um die als Haushaltshilfe angestellte Schwester Irmela von dort zurückzuholen. Das kostete einige Überredungskünste und dauerte zu lange, was Elly nicht wissen konnte.

Sie sah für das Leben ihrer Tochter Irmela sowie des Nazis, seiner Frau und der vier Kinder von ihnen durch das Heranrücken der „Roten Armee" eine große Gefahr. Die „Nazifamilie" hatte sich für den Fall einer missglückenden Flucht eine genügend große Anzahl von Giftkapseln besorgt, also auch für Irmela, wusste Elly. Sie wollte ihre Mädchen nach Hause nach Premnitz zurückholen, wo kein Ziegel vom Dach fallen würde, woher immer sie das gewusst haben musste. Aber sie kam nicht mehr weiter, da Rathenow[22] bereits zur Festung erklärt worden war. Die Stadt war in allen Richtungen „dicht".

Deshalb kamen die drei Schwestern, die nunmehr zu ihrer Mutter zurückkehren wollten, auch nicht aus Rathenow heraus. Sie gerieten, verzweifelt umherirrend, in einen Flüchtlingsstrom, waren tagelang unterwegs, mussten draußen in der Kälte und auch in einem Flüchtlingslager in Bamme übernachten. Sie sahen Tote, Kranke und Verwundete. Margot war nur mit einem leichten Kleid und Sommermantel bekleidet. Durch einen russischen Offizier erfuhr sie unterwegs sexuelle Gewalt. Weil sie ihn eisern abwehrte, setzte er ihr seine Pistole auf die Brust. Als auch das nichts half, begann er sie zu würgen, wie ihre beiden Schwestern, die zu ihrer Rettung herbeieilten, später berichteten. Die bewusstlose, blutüberströmte Margot kam in einem Böschungsgraben wieder zu sich.

Als die Mädchen endlich in die mütterliche Wohnung zurückkehren konnten, fanden sie nur noch die drei Brüder vor. Die älteren Schwestern befragten die Nachbarn nach dem Verbleib der Mutter, während Margot schon „Berge von schmutzigem Geschirr von den Brüdern" abgewaschen hatte, obwohl sie am Körper und den Füßen blutete. Als sie sich gerade entkräftet hingelegt hatte, kamen ihre Schwestern und machten ihr Vorwürfe wegen ihrer Faulheit. Margot war nicht dazu in der Lage, darauf etwas zu erwidern. Sie erfuhr nichts über das Ergebnis der Erkundigungen und wurde in dem Glauben gelassen, dass ihre Mutter vermisst sei und wahrscheinlich noch leben würde. Einen Brief von Elly an ihre Kinder hatten die

---

[22] Dieter Seeger: Die Kämpfe um Rathenow 1945, Versuch einer chronologischen Darstellung des Ablaufs, Herausgeber Die Linke, Stadtvorstand Rathenow, August 2010.

Schwestern Margot aus der Hand gerissen, bevor sie ihn lesen konnte. Sie las nur „Liebe Lilo, liebe Irmchen und liebe Margot". „Der Brief ist für die Nachbarn, die heißen alle genau so wie wir", logen Irmela und Lilo offensichtlich. Es existierte kein Grab, an dem Margot und ihre Brüder sowie die Schwestern hätten trauern können.

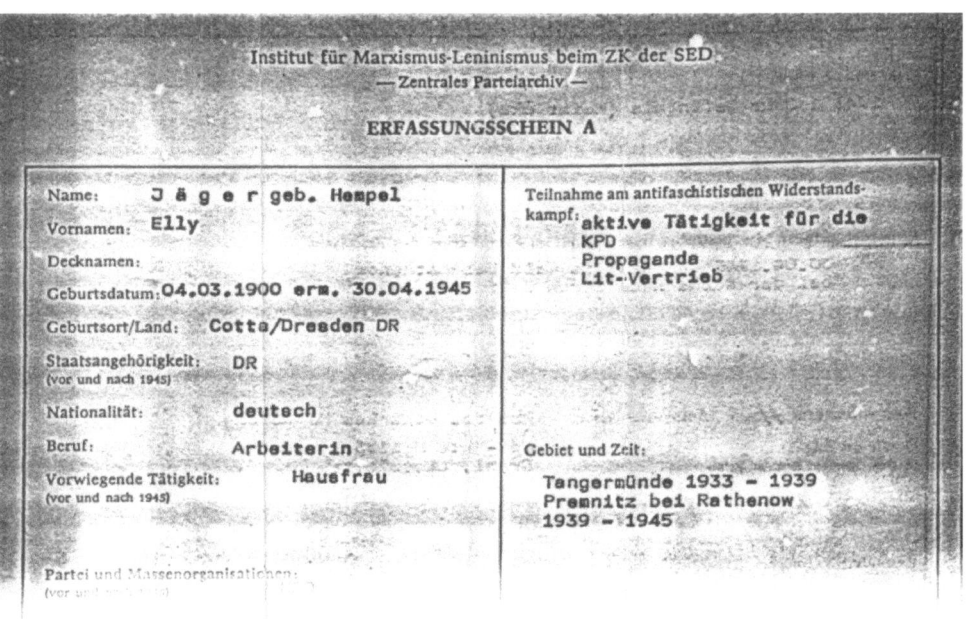

Abbildung 30: Erfassungsschein A vom Institut für Marxismus/Leninismus, Vorderseite.[23]

---

[23] Als Elly Jäger von der Folterung und Ermordung von Kindern, speziell jüdischen Kindern, unter Hitlers Herrschaft erfuhr, begann sie die Arbeit ihres Ehemanns und damit für die KPD zu unterstützen, obwohl sie keiner politischen Organisation angehörte und leistete als Zivilperson Widerstand.

Durch meine eigenen Recherchen nach der Wiedervereinigung wurde mir ein Dokument zugeschickt, aus dem, offenbar unter Verwendung der Angaben der älteren Schwestern, hervorging, dass Elly nicht als vermisst galt, sondern ermordet worden sei, ohne dies durch Ermittlungen zu belegen. Davon setzte ich meine Mutter in Kenntnis.

Durch die Recherchen ihres Bruders Ernst und den ein paar Jahre zurückliegenden Versuch, gegen den mutmaßlichen Mörder von Elly ermitteln zu lassen, erfuhr meine Mutter die fast vollständige Wahrheit. Sie konnte nach so vielen Jahren der Ungewissheit mit uns zu dem mutmaßlichen Grab, ein kleines Massengrab - mit einer Grabplatte für angeblich „3 SOWJ. BÜRGER" - auf dem Mögeliner Friedhof, gehen. „Unsere Mutter war für uns alles", sagte sie voller Sehnsucht nach ihr. Der anfangs, durch Margots Bruder Ernst des Mordes Verdächtigte, zur Tatzeit 16-jährige, wurde von ihm selbst befragt. Mein Onkel stellte sich die Erleichterung vor, wenn beide hätten zusammen weinen können. Aber der Mann hatte wahrscheinlich Ängste und Befürchtungen, so dass er als fast einziger Zeitzeuge nichts zur Aufklärung über den Verbleib von Elly Jäger beitrug und ebenso nicht ihre letzte Ruhestätte in dem kleinen Massengrab bestätigte. Ernst wurde schließlich von einem Suchdienst empfohlen, sich an die Mordkommission zu wenden. Da weitere Ermittlungen ergaben, dass der am ehesten als Täter in Frage kommende Mann, damals 17-jährig, nicht mehr lebt, mussten diese eingestellt werden. Eine Befragung von noch lebenden Angehörigen war nicht mehr möglich bzw. nicht statthaft. Gegen Tote darf bekanntlich nicht ermittelt werden. Viele Vermutungen und

Suchergebnisse von meinem Onkel Ernst erwiesen sich als sehr wahrscheinlich.

Elly hinterließ sechs Vollwaisen im Alter von 22 (Lilo), 19 (Irmela), 16 (Margot), 12 (Otto), 10 (Ernst) und 7 Jahren (Hans). Bei Ernstchen fehlten nur ein oder zwei Tage bis zu seinem 10. Geburtstag. Die drei Mädchen kümmerten sich um ihre drei Brüder, damit diese in kein Kinderheim mussten. War schon die „normale" Kindheit von allen Geschwistern viel zu zeitig vorbei, hatten sie nun auch, als Waisenkinder zurückgelassen, keine glückliche Jugend.

Margot hatte ihre Lehrstelle als Kaufmännische Angestellte verloren, weil der Betrieb durch Bombenangriffe zerstört worden war. Sie arbeitete nach dem Krieg in der Demontage, wo es ihr wegen Hunger (Unterzuckerung) und Krankheit bei der schweren Arbeit ständig schlecht wurde. Vorübergehend fand sie Arbeit im Brückenbauamt, die sie in Ermangelung einer eigenen Schreibmaschine (als Voraussetzung für die Fortsetzung ihrer dortigen Tätigkeit) aufgeben musste.

Wegen Armut verlor sie die Möglichkeit des Abschlusses der Kaufmännischen Ausbildung in einer Berufsschule und die Lehrstelle zur Buch- und Steuerprüferin. Bei der neuen Ausbildungsstelle traute sie sich nicht zu fragen, ob sie wegen der anstehenden Prüfung in der Berufsschule frei bekommen dürfe, erzählte sie meiner Schwester Margit und mir. Nur mit dem Lehrlingsgeld konnte sie aus der Sicht ihrer Schwestern zu wenig zum Lebensunterhalt der „verwaisten Kinderfamilie" beitragen. Lilo und Irmela handelten ohne eine Absprache mit ihrer jüngsten, unmündigen Schwester, indem sie ihr nach eigenem

Ermessen eine Arbeitsstelle besorgten. Im Alter hatte Irmela einmal zu mir gesagt: „Wir hätten sie von dort (von der Lehrstelle) nicht wegholen sollen." Margot sagte später zu uns beiden Töchtern: „Es ging alles drunter und drüber."

Bei der Arbeit in der KPD-Geschäftsstelle Tangermünde, wo meine Mutter endlich Geld verdienen sollte, wurde sie durch den Vorsitzenden, Herr Winter (Name geändert), der aus Berlin nach Tangermünde gekommen war, um ihr Gehalt betrogen. (Nur für das nächtliche Stricken von Pullovern für seine Familie bekam sie etwas Geld von ihm. Zu wenig Geld, zumal ihr bei der stundenlangen Arbeit schließlich die Hände bluteten.) Wenn das ihr Vater gewusst hätte!! Was waren das für Genossen, die nichts mehr von den antifaschistischen Widerstandskämpfern, Otto und Elly Jäger, wissen wollten, diese sogar verschwiegen und darüber hinaus deren Kinder betrogen? Warum wurde Margot und ihren Geschwistern von den „Genossen" nicht geholfen?

Margot in Halle (Saale)

Als Anni Margot mit dem Abschluss der achtklassigen Volksschule und nach drei bestandenen Aufnahmeprüfungen an der Martin-Luther-Universität in Halle (Saale) Medizin studieren durfte, schien nun mit der Studentenjugend eine bessere Zeit zu beginnen. Sie wurde als beste Studentin ihres Studienjahrganges ausgezeichnet und musste nach fünf Semestern doch gehen, um wegen ihres zu erwartenden Kindes Geld zu verdienen. Das kurze Glück der Jugendzeit war zu Ende.

Doch nach der selbst beantragten Exmatrikulation fand Margot eine neue Arbeitsstelle bei der Landesregierung, im Ministerium der Finanzen, was doch noch eine glückliche Zukunft versprach. Margot freute sich sehr auf ihr Kind und war ebenso glücklich, heiraten und eine eigene Familie gründen zu können.

Im Ministerium wurde sie als Mitarbeiterin mit einer sehr schnellen Auffassungsgabe geschätzt, erhielt aber nur ein Gehalt für Ungelernte. Ihr fehlte lediglich die Abschlussprüfung von ihrer kaufmännischen Ausbildung und sie arbeitete oft mehr und länger als ihre Kollegen. Von ihrem damaligen Vorgesetzten, Ministerpräsident Erhard Hübener, erzählte sie mit Achtung und Bewunderung. Sie sei auch von seiner bescheidenen und höflichen Art beeindruckt gewesen. Einmal habe Anni Margot gesehen, wie er im Treppenhaus die Reinigungskraft respektvoll grüßte.

Abbildung 31: Ehemaliges Gebäude der Landesregierung (Präsidium),
Ministerium der Finanzen, im Paulusviertel von Halle.

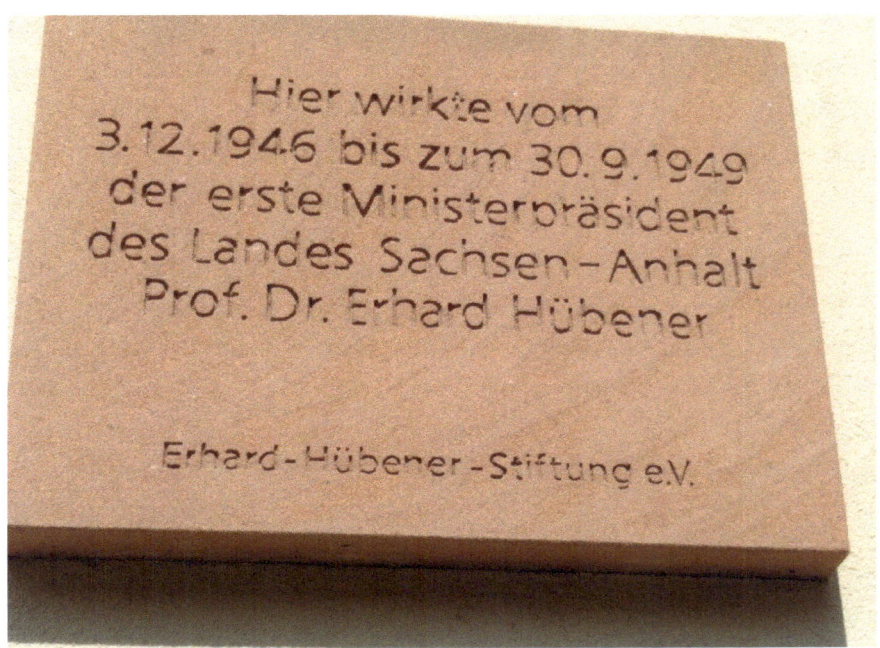

Abbildung 32: Gedenktafel zu Ehren von Erhard Hübener.

Abbildung 33: Straßenschild. Im Nebeneingang der Hausnummer 4
hat mein Sohn, Bernd Stockmann, das Büro für seinen
Stockwärter Verlag eröffnet.

Margot las damals per Zufall in ihrer Personalakte als Mitarbeiterin der Landesregierung, Sitz (vor dem Umzug nach Berlin) Halle: Interessiert sich nicht für Politik. Sie wollte ihrem „Schwur" treu bleiben und somit nicht in die SED eintreten, auch wenn sie den Zusammenschluss von KPD und SPD im Büro von Herrn Winter in Tangermünde als lustig-beschwingtes Ereignis in ihrer Erinnerung bewahrt hatte. „Nur kurze Zeit überlegte ich, ob ich doch mitmachen sollte", erzählte sie uns, denn sie fühlte sich bei ihren Kollegen sehr wohl.

Das nach dem Krieg neu zu errichtende System schrieb sich auf seine Fahnen, für den Frieden einzutreten, und den wollte Margot auch unbedingt. Aber sie empörte sich stets über Ungerechtigkeit und Unehrlichkeit, womit sie doch „voll im Trend" ihrer Eltern lag, auch ohne in der Politik tätig zu werden. Häufig wiederholte sie wegen schlechter Lebensbedingungen für die Bevölkerung die Worte: „Das hat mein Vater nicht so gewollt." Bezüglich der späteren Schließung der Staatsgrenze der DDR kritisierte sie empört: „Man kann doch nicht einfach ein ganzes Volk auseinanderreißen!" Vollkommen nachvollziehbar! Hatte Margot doch beide Eltern kurz vor Kriegsende innerhalb von einem viertel Jahr verloren, wurde nunmehr ihre verwaist zurückgebliebene Kinderfamilie für sie „alles".
Und sie konnte ihre 1965, ca. vier Jahre nach dem „Mauerbau", in die BRD geflüchteten Brüder mit ihren Familien nicht als Staatsfeinde und erst recht nicht als ihre eigenen Feinde ansehen. Entsetzt war sie über deren Flucht, weil alle Acht auf dem „Todesstreifen" hätten ihr Leben verlieren können.

Übrigens interessierte sich Margot damals auch für Walter Ulbricht nicht so sehr; insbesondere mochte sie seine Stimme nicht. Trat er im Fernsehen auf, sprang Margots Ehemann immer aus dem Sessel, um den Apparat mit den Worten, „Ulli singt", rasch auszuschalten.

(Nach der Wiedervereinigung Deutschlands war in einem Lexikon, welches mir leider abhanden gekommen ist, über ihn zu lesen: „Politiker mit geringem politischen Einfluss". Er war schließlich von 1960 bis 1973 unser Staatsratsvorsitzender, während er aus „Altersgründen" von seinem Amt als 1. Sekretär des ZK der SED 1971 zurücktrat. Zum 1. Sekretär wurde Erich Honecker auf der 16. Tagung des ZK der SED am 03.05.1971 gewählt. W. Ulbricht erhielt das eigens für ihn geschaffene Amt des Vorsitzenden der SED. Er starb 1973.)[24]

---

[24] Dr. Christian Zentner (Herstellung und Organisation): Die DDR, eine Chronik deutscher Geschichte, OTUS, St. Gallen, 2007.

Margot mit Ehemann und Kindern

Meine Mutter erzählte, dass sie erst mit 21 Jahren heiraten durfte. Einer Eheschließung vor dem Erreichen der Volljährigkeit hätten ihre Eltern zustimmen müssen, wurde ihr gesagt. Mutter und Vater waren aber tot und der angebliche Vormund kümmerte sich nicht. Margot hatte also keine Verbindung mehr zu ihm - wenigstens stimmte er noch ihrer Immatrikulation zum Medizinstudium an der MLU Halle-Wittenberg zu, als seine wahrscheinlich einzige offizielle Amtshandlung für seine Schutzbefohlene.

Margot heiratete im Jahr der Gründung der DDR ihren 1927 in Bankau geborenen Mann, Herbert Skorupa, in den sie sehr verliebt war und der auch durch den Krieg schwere Verluste erlitten hatte. Herbert überlebte die englische Kriegsgefangenschaft in den Gefangenenlagern Maria-ter-Heide und La Hulpe in Belgien, in welche er am Ende des Krieges als 17-jähriger Matrose bei der Kriegsmarine geriet. Dort sah er zuletzt viele seiner Mitgefangenen durch Hunger, Kälte und Nässe in den Zelten sterben. Mit 18 Jahren wurde er aus der Kriegsgefangenschaft körperlich unversehrt entlassen. Kriegshandlungen blieben ihm erspart.

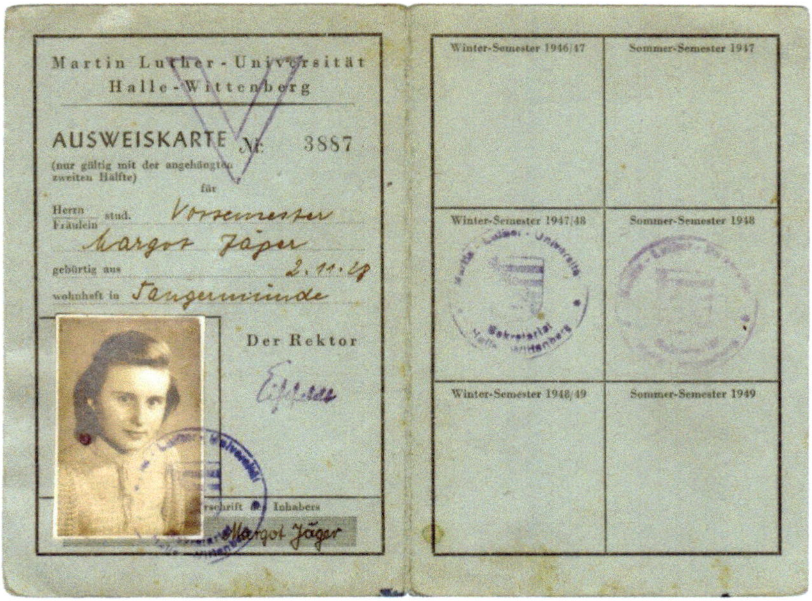

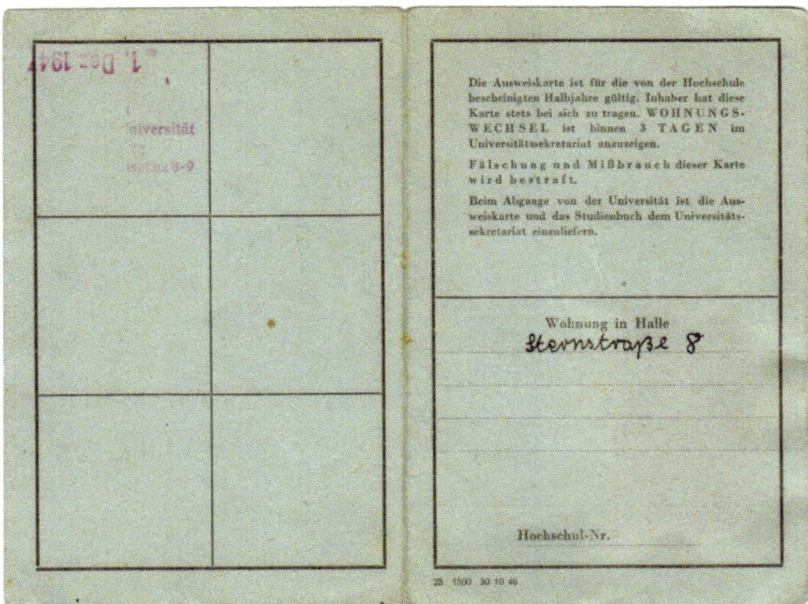

Martin Luther-Universität
Halle-Wittenberg

AUSWEISKARTE Nr. 3887
(nur gültig mit der angehängten zweiten Hälfte)
für
Herrn / Fräulein stud. Vorsemester
Margot Jäger
gebürtig aus 2.11.29
wohnhaft in Tangermünde

Der Rektor
Eißfeldt

Unterschrift des Inhabers
Margot Jäger

Winter-Semester 1946/47	Sommer-Semester 1947
Winter-Semester 1947/48	Sommer-Semester 1948
Martin-Luther-Universität Sekretariat Halle-Wittenberg	
Winter-Semester 1948/49	Sommer-Semester 1949

1. Dez. 1947
Universität

Die Ausweiskarte ist für die von der Hochschule bescheinigten Halbjahre gültig. Inhaber hat diese Karte stets bei sich zu tragen. WOHNUNGSWECHSEL ist binnen 3 TAGEN im Universitätssekretariat anzuzeigen.

Fälschung und Mißbrauch dieser Karte wird bestraft.

Beim Abgange von der Universität ist die Ausweiskarte und das Studienbuch dem Universitätssekretariat einzuliefern.

Wohnung in Halle
Sternstraße 8

Hochschul-Nr.

25 1500 30 10 46

Abbildungen 34 & 35: Noch vorhandene Studentenausweise
von Margot Jäger.

Die erste Tochter wurde geboren. Auch die Kollegen von der Landesregierung, Ministerium der Finanzen, freuten sich und lobten das niedliche Kind.

Margot musste operiert werden. Krankenhausaufenthalt und Erholung waren dringend nötig. Das Kleinkind wurde vorübergehend von Verwandten in einer anderen Stadt betreut. Dort erlitt es schwere, vor allem psychische, gesundheitliche Folgen durch eine unbekannte, unerklärliche Ursache. Aus Angst und Scham wurde sein Unfall durch einen Fenstersturz leider der Mutter verschwiegen. In der Klinik für Kinderpsychiatrie erfolgten falsche Behandlungsmaßnahmen und die Symptome des Mädchens wurden noch schlimmer. Angelika verlor dauerhaft ihre Sprache als Kommunikationsmittel und leidet noch heute unter Angst- und Erregungszuständen, die ohne erkennbaren Anlass auftreten.

Margot hatte die Wahl: Hausfrau werden und ihr Kind zu Hause zu pflegen oder dem Drängen der Mediziner, Ämter und Behörden nachzugeben und es auf Dauer in ein „Vollheim" zu geben. Letzteres brachte sie nicht übers Herz. Nach sozialistischem Verfassungsrecht (Recht auf und Pflicht zur Arbeit) sowie Medizinrecht (Heimförderung schulbildungsunfähiger Kinder) verhielt sich Margot „falsch" und wurde nachweislich bereits ab 1954 als PID (politisch ideologische Dissidentin) eingeordnet, beobachtet sowie subtil unterdrückt. Nach der offiziellen Propaganda waren die DDR-Bürger angeblich alle „Erben des antifaschistischen Widerstands" - aber unsere Mutter war es doch wirklich! Welch Widerspruch! Sie konnte aus damaliger ideologischer Sicht vermutlich doch nur durch die „Erben des Hitlerfaschismus" in der BRD, nämlich die „Kriegstreiber" im Westen, also auch durch die eigene Westverwandtschaft und die ihres Ehemanns, aufgehetzt worden sein. (Von den Stasiunterlagen sind offenbar nur noch die Karteikarten übrig geblieben. Aber in der Akte ihres Ehemanns wird über Anni berichtet.) Blieben schon Waisenrente als Lehrling ohne Einkommen und Studentin sowie die VdN-Rente (Verfolgte des Naziregimes) aus, erhielt sie ebenso kein Pflegegeld für die häusliche Pflege ihrer schwerbehinderten Tochter. Sie wurde bedrängt, selbst körperlich schwer krank, arbeiten zu gehen, denn Hausfrau zu sein gehörte zur angeblichen „kapitalistischen Lebensweise".

Manchmal sagte sie zu uns: „Ach, wäre euer Vater damit einverstanden gewesen, bei unserem Besuch in der BRD 1956 nicht mehr in die DDR zurückzukehren, dann hätte ich sicher wieder arbeiten gehen können, vielleicht sogar halbtags. Ich hatte die Hoffnung, dort eine Tagesstätte oder einen Platz für Angelika in einer Sprachheilschule oder Schule, die auch psychisch Behinderte aufnimmt, zu finden. Ich habe so gern gearbeitet und mir fehlten meine Kollegenkontakte sehr. In der DDR war einfach nichts mit einer Tagesförderung für behinderte Kinder zu machen, so sehr ich auch um eine Alternative zum Vollheim bat. Der Nervenarzt stellte die Diagnose ‚Vollidiot' und sagte mir ins Gesicht: ‚Ich kann diesem Idioten keinen Holzkopf aufsetzen.'"

Abteilung Postzollfahndung   125(B)

Dienststelle **Halle**

Halle , den 29.7.69

Tgb.Nr. 1444 /69

An

BV Halle

Abt. XIX

M. ... ...

E 8.8.69

T.s.t. 6.10./69

Weiter an: ...

Pu. Kadler

Betr.: Skorupa,Herbert

Bezug: ▮▮▮▮▮▮▮▮▮▮▮▮▮▮▮

Empfänger Margot Skorupa

Halle,Wolfensteinstr. 10

Absender Sofie Skorupa

Hamm, Schwalbenstr. 9

Aufgabeort Hamm

Tag des Eingangs 26.7.69

Tag des Ausgangs 29.7.69

Verpackung braunes Packp./dreif. Kreuzverb.

Größe L. 50 cm   B. 22 cm   H. 18 cm

Gewicht 4,1 kg

Wertmäßiger Inhalt ./.

727 1068 150.0   Kontrollergebnis umseitig!

139

Die Sendung wurde geröntgt, geöffnet und untersucht.

Die Sendung enthielt eine Desinfektionsbe-
scheinigung, welche mit dem Inhalt der Sendung
übereinstimmt.

Inhalt:

getragene Textilien

Nachrichtendienstliches Material wurde nicht
festgestellt.

Lt. Auftrag wurden Fotonegative angefertigt.

Die Sendung wurde im Originalzustand an den
Empfänger weitergeleitet.

Techniker	Leiter der Dienststelle PZF
Schubert	_[Unterschrift]_

tritt im Wohngebiet ebenfalls nicht aktiv in Erscheinung. Ge-
sellschaftliche Arbeit leistet sie nicht. Seit der Erkrankung
ihrer Tochter Angelika widmet sie sich ausschließlich deren
Pflege. Sie hörte deshalb auch auf zu arbeiten.
In gleicher Weise wie ihr Ehemann pflegt sie ein sehr enges
Familienleben. Das Verhältnis zu ihren anderen zwei Töchtern
ist ebenfalls sehr gut.
Aktive Verbindung unterhält sie zu ihren Geschwistern in der
BRD.
In dringenden Familienangelegenheiten reiste sie schon zweimal
in die BRD.

Vom 06.02.78 - 16.02.78 reiste sie zur Silberhochzeit ihres
Bruders

    J ä g e r , Otto
    06.05.32

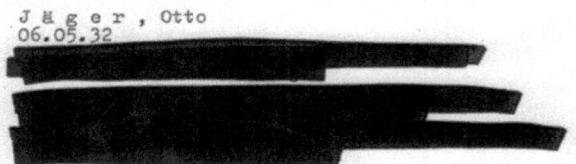

Die Ausreise erfolgte über die Güst Marienborn.

Vom 04.08.81 - 11.08.81 reiste sie zur Silberhochzeit ihres
Bruders

    J ä g e r , Ernst
    29.04.35

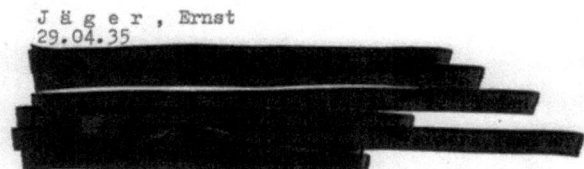

Die Ausreise erfolgte über die Güst Oebisfelde.
Nach erfolgten Reisen äußerte sie in Gesprächen mit anderen
Mietern des Hauses keine negative Meinung über unseren Staat.

Innerhalb der DDR sollen noch Verbindungen bestehen zu den
Geschwistern:

    Bruder: J ä g e r , Hans
           05.12.37

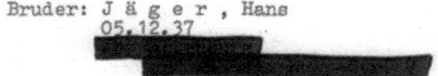

    Schwester: S c h r o e d e r , geb. Jäger, Irmgard
             02.03.25

    Schwester: K r e h l , Lieselotte
             16.12.22

NSW-Kontakte:

Den Auskunftspersonen ist bekannt, daß S., Herbert aktive
Kontakte in die BRD zu seiner Verwandtschaft unterhält. Er er-
hält monatlich einmal Pakete oder Briefe.
Gegenüber einer Auskunftsperson erwähnte S., Margit einmal, daß
in den Paketen Kleidungsstücke für die Kinder wären.

Besitz, finanzielle und Wohnverhältnisse:

S., Herbert hat keinen PKW oder Gartengrundstück. Schulden
wurden im Wohngebiet bisher nicht bemerkt. Da S., Herbert keine der Auskunftspersonen bis zum Zeitpunkt der Ermittlung in
die Wohnung gelassen hat, ist die Einrichtung der Wohnung
nicht bekannt.

Hobbys, Neigungen, Freizeitgestaltung:

Den Auskunftspersonen ist bekannt, daß S., Herbert sehr viel
in seiner Wohnung baut. Was er genau macht, ist nicht bekannt.
Die Auskunftspersonen hören es oft immer Hämmern.
S., Herbert geht mit seiner Ehefrau sehr viel spazieren. Sie
werden sehr oft gesehen, wie sie Hand in Hand im Wohngebiet
spazieren gehen.

Kapler, Ltn.

Abbildungen 36 bis 39: Auszug aus der Stasi-Akte von Herbert Skorupa.

Margots Ehemann hatte ebenso schlechte „Startbedingungen". Er wurde im Alter von 17 Jahren zur Kriegsmarine eingezogen, geriet in Kriegsgefangenschaft, konnte nach der Entlassung nicht mehr nach Hause zurückkehren, weil seine Familie aus Beuthen O.S. (Bytom) flüchten musste. Dadurch war die Beendigung seiner Schlosserlehre nicht möglich gewesen und er fing als ungelernter „Bahnunterhaltungsarbeiter" bei der Deutschen Reichsbahn in seiner „neuen Heimat" an zu arbeiten. Unser Vater Herbert war Halbwaise. Er hatte nicht nur seinen Vater, sondern auch seinen älteren Bruder im Krieg verloren sowie „Hab und Gut" durch die Flucht eingebüßt, wofür es in der DDR auch keine finanziellen Entschädigungen gab. Um besser „über die Runden zu kommen", hätte seine Ehefrau, Anni Margot, hinzuverdienen müssen. Aber!!

Anmerkung zum Auszug aus der „Stasiakte" auf S. 142:
1978 reiste Margot zu ihren, 1965 in die BRD geflüchteten, Brüdern, was möglich geworden war, weil im Rahmen des Vertrags über die Grundlagen der Beziehungen zwischen der BRD und der DDR am 21.06.1973 mehrere Rechtsvorschriften zum Reiseverkehr zwischen der BRD und der DDR, erlassen vom Innenministerium, rechtswirksam wurden.[25]

---

[25] Die DDR, eine Chronik deutscher Geschichte, OTUS, St. Gallen, 2007, S. 90.

Unterbringung
Unterkunft am 4.4.46   Tangermünde
Datum   Ort

Bisher untergebracht
gewesen in:
Ort   Land   seit

Grund der Aufgabe   Zur Wehrmacht einge-
d. bisherigen Unterkunft: zogen.

Eingewiesen
und in Marsch gesetzt am: nach:

Gemeldet am 4.4.46   in: Tangermünde
Datum   Ort

Einquartiert bei: Moltkestr. 20/21
Name   Ort

Inventar übergeben am:

Verpflichtungsschein vollzogen am: 15.1.47

Polizeilich gemeldet am: 4.4.46
4.4.46

Beim Wirtschaftsamt
gemeldet am:

F.P.   Kennnummer: 1332

Flüchtlings-Paß

Amtlicher Ausweis für alle Deutschen über 14 Jahre, die aus ihrem Wohnort ausgewiesen oder dorthin infolge Uebernahme des Gebietes durch einen anderen Staat nicht zurückkehren können. Dieser Ausweis berechtigt zur Inanspruchnahme der öffentlichen Flüchtlingsbetreuung, zur vorläufigen und endgültigen Unterbringung.

Ausgestellt am: in:
Ort   Kreis

Herrn   Skorupa Herbert
für Frau   Name   Geburtsname
Fräulein   d. Vornamen, Rufname unterstrichen

geboren am 11.7.27   in: Bankau   Kreuzburg
Ort   Kreis
Oberschlesien
Land

Wohnort und Straße
vor 1939:   Beuthen O.S.   Nr.

Letzte Wohnung: Oberschlesien   Beuthen
Land   Kreis
Beuthen, Kleinbahnstr. 5
Ort   Straße

verlassen am: 10.8.44

(500) 7. 46 Mitteldeutsche Druckerei-Gesellschaft Stendal (Kern-Nr. a)

Person:
Größe: 1,80
Gestalt: schlank
Augen: blau
Haar: blond
Besondere Kennzeichen:
Leberfleck auf
dem Rücken.

Unterschrift

Mitglied der NSDAP gewesen?
nein
seit wann:

Familienstand (ledig, verh., gesch., verw.): led.
Religion: kath.

Kinder unter 14 Jahren:

Vornamen	Geb.-Datum	Geburtsort

Zahl der Haushaltsangehörigen über 14 Jahren:
a) Männer
b) Frauen

Gesundheitsbefund:
Allgemeiner Befund:

Fingerabdruck:
Zeigefinger

Entlaust: ja
nein

Frei von Infektionskrankheiten: ja
nein

der Stadt Tangermünde
Nebenstelle Umsiedlerbetreuung
Lagerstempel
I. A.

Dr. Herbrich
Unterschrift des Arztes
Arzt
Tangermünde/Elbe

Abbildung 40: Flüchtlingspass von meinem Vater, Herbert Skorupa.

144

Margots großer Trost war die Geburt von zwei weiteren Töchtern. Außerdem malte sie viel zu Hause und gab vertretungsweise für wenige Stunden Zeichenunterricht in der Kröllwitzschule. Das brachte kaum Geld - aber Erfüllung!

Die spitzfindige und verborgene Unterdrückung meiner Mutter durch die Politik nahm 1965 noch größere Ausmaße an, nachdem zwei ihrer Brüder zusammen mit ihren Familien (insgesamt acht Personen) erfolgreich die „Straftat Republikflucht begangen" hatten. Subtile, „zersetzende" Maßnahmen wurden nunmehr auf Margots Kinder, insbesondere ihre jüngste Tochter, ausgeweitet: auf mich. So wie Margot aus politischen Gründen aus der Gemeinschaft der Kinder und ihrer Mitschüler ausgeschlossen und zum „Stubenhocker" gemacht worden war, geschah 1965 ähnliches auch mit mir als angebliche Einzelgängerin. In Wirklichkeit wurde ich von den Kindern gezielt isoliert ... In der Klasse davor erfreute ich mich noch großer Beliebtheit, nicht zuletzt, weil ich für die Klassenkameraden im Auftrag der Lehrerin Nachhilfe-Stunden gab, allen half, Gedichte und Auftragsgedichte schrieb und Gruppenratsvorsitzende war. In der fünften Klasse wurde ich, trotz meiner Bereitschaft, nicht mehr als solche in der Pionierorganisation „Ernst Thälmann", des Mannes, den mein Großvater mütterlicherseits so verehrte, gewählt. Meine Mutter und ich waren beide dennoch Klassenbeste. Sie hatte mich ermutigt, nun erst recht zielstrebig zu lernen.

Trotzdem sollte ich mich seitens der Schule nicht für die EOS (heute Gymnasium) bewerben, angeblich, weil mein Vater kein Arbeiter, sondern Angestellter bei der Reichsbahn war. Ich machte überall, wo nur möglich, Rabatz und erklärte, dass er anfangs sogar bei der „Rotte" (Bahnunterhaltungsarbeiter) war und ich das beweisen könnte. Das fiel richtig auf, und ich bewarb mich dann erfolgreich.

Ausgleich und Ersatz für fehlende Kontakte (bis zur achten Klasse) fand ich schließlich auf eigene Initiative durch meine Anmeldung für die GO Reileck des DRK, wohin ich meine Schwester gleich mitnahm. In der gemischten Altersgruppe wurde ich geschätzt, als sehr junge Lehrkraft gefördert und erhielt, wie auch meine Schwester, für unsere Einsätze im Pflegeheim eine Pflegespange als Auszeichnung. Das DRK gab mir eine Empfehlung für das Medizinstudium, für welches ich mich seitens der Schule eigentlich nicht bewerben sollte. Ich konnte die Zusammenhänge damals nicht herstellen, leistete jedoch gegen den Auftrag, mich, anstatt für Medizin, für ein Pädagogikstudium zu bewerben, heimlich sozusagen Widerstand. Wegen der vermeintlichen Bewerbung für Pädagogik musste ich zu einer „stimmlichen Eignungsprüfung" zum HNO-Arzt gehen. Dieser hatte mir eine angebliche Stimmuntauglichkeit bescheinigt ... Der Arztberuf war meine Erfüllung.

Im Frieden waren die Möglichkeiten trotz allem besser als bei meiner Mutter, um auch mit wenigen finanziellen Mitteln Ärztin werden zu können und ich habe meine Mutter nicht zeitig verloren. Meine Großmutter wurde nur 44 Jahre alt. Aber meine Mutter durfte in Friedenszeiten 90 Jahre alt werden. Sie hätte im Alter von 16 Jahren und auch noch später dringend eine Mutter gebraucht, nämlich eine solche, wie sie selbst war. Sie sprach uns Kindern, ihren Nichten und Neffen sowie vielen anderen immer Mut zu, an die eigene Kraft zur Bewältigung von Schwierigkeiten zu glauben und nicht aufzugeben. Um für sich selbst etwas zu erbitten oder zu fordern, war sie durch ihre eigene

Geschichte, voller Schikanen, Ablehnungen und Kränkungen, zu eingeschüchtert. Später sagte sie zu uns: „Ich dachte, wenn eine Frau schwanger ist, darf sie nicht weiterstudieren. Ich hätte vielleicht doch sagen sollen, weshalb ich exmatrikuliert werden wollte. Später las ich an einer Litfaßsäule, dass Studentinnen mit Kind an der Uni gefördert werden."

Das Schicksal traf ihre erste Tochter besonders hart: Angelikas Kindheit und ihr normales Leben waren kurz vor ihrem vierten Geburtstag schlagartig vorbei. Sie wurde von einem Tag auf den anderen „verrückt" und konnte keine Schulbildung erwerben, nie selbstständig und erwachsen werden.

Die Familie brauchte einen starken Zusammenhalt. Mit zwei gesunden Töchtern war wieder Hoffnung auf Glück gegeben. Im Sinne der transgenerationalen Traumaübertragung erlangten wir gesunden Kinder, Margit und Ingrid, ebenso eine emotionale Frühreife, welche nicht zuließ, dass wir unbeschwerte „Kinderchen" sein konnten. Unsere Mutter war oft viel zu stark belastet, weshalb wir zwei Schwestern uns bereits im Vorschulalter einfühlsam und tatkräftig um sie kümmerten (teilweise Parentifizierung).

Das machte uns glücklicher Weise resilient - es hätte anders kommen können - und fähig zur erfolgreichen sowie freudvollen Ausübung von „Helferberufen" in Pädagogik und Medizin. Wir haben zusammen mit unserer Mutter gedichtet, Texte geschrieben, gemalt, gezeichnet, die Natur genossen und ... natürlich gelacht.

Abbildungen 41 bis 43: Gemeinsames Malen.

Bild 1: Ingrid 10 Jahre alt.

Bild 2: Margit 12 Jahre alt.

Bild 3: Margot, 10. Mai 1965. Motiv: Knabenbildnis aus Ägypten,
Mumienportrait aus Fajum, entstanden im 1. Jahrhundert v. u. Z.,
Berlin, staatliches Museum, Wachsmalerei auf Holz.

Abbildung 44: Margot Skorupa und Tochter Ingrid Stockmann bei einer Familienfeier in Tangermünde.

Auch unsere Mutter kümmerte sich um andere ärmere oder belastete Kinder sowie deren Familien. Natürlich unterstützte sie unsere Berufstätigkeit und half ihren Enkeln und Urenkeln. Sie war immer freundlich, so wie ihre Mutter. Helfen macht stark und resilient!! Und natürlich: Überzeugungen haben, hartnäckig bei den eigenen Zielen bleiben. Leider endete das bei unseren Großeltern, den Helden Elly und Otto Jäger, mit dem Tod durch Erschießen. Aber es war Krieg. Heute ist Frieden!

Unsere Mutter schaffte es, die behinderte Angelika 50 Jahre lang zu Hause zu pflegen. Durch meine beruflichen Erfahrungen als Nervenärztin und ärztliche Psychotherapeutin und die politische Wende wurde auf meine Bemühungen hin ihr auch Pflegegeld gezahlt. Aber Margots Rente überstieg nicht den Auffüllbetrag. Durch ihre Witwenrente ging es ihr später finanziell besser. Unser Vater, Jahrgang 1927, starb fünf Jahre vor ihr. Meine Schwester Margit und ich sind weiterhin die gesetzlichen Betreuer für unsere im Heim lebende Schwester.

Abbildung 45: Herbert und Margot Skorupa im Alter vor dem ehemaligen Wohnhaus in Kröllwitz, veröffentlicht im Buch „Im Fischerhaus am Berg" von Tochter Ingrid Ursula Stockmann.

Unsere Mutter überstand in ihrem Leben schwere Leiden, wie Anämie, Tuberkulose, zwei Schädel-Hirn-Traumata, Lungenentzündungen, asthmoide Bronchitiden, Blutdruckkrisen und Darmkrebs. Der Krebs kam nach weit über 20 Jahren zurück und metastasierte, worauf verschiedene Blutungsquellen hinwiesen. Tapfer lächelte sie trotz Hautjucken, starken Bauch- und Rückenschmerzen. Operation und zytologische Diagnostik erfolgten für den Hautkrebs. Von anderen invasiven Maßnahmen wollte unsere Mutter selbst absehen. Als sie trotz ihrer Lähmungen gerade noch die Treppenstufen bewältigte, versagten ihr eines Tages dann doch die Beine. Ich erfand für sie die „Einsteinmethode", damit wir ihre Wohnung noch erreichen konnten. Im Treppenhaus lag nämlich ein - Stein. Ich konnte ihr diesen Ziegelstein zur Reduzierung der Stufenhöhe Schritt für Schritt als Steighilfe unter ihren Fuß schieben. Wir beschlossen nun zu Gunsten ihrer intensiveren Pflege einen Heimplatz mitten in der Natur anzumelden.

Meine Sprechstundentätigkeit konnte ich trotzdem immer aufrechterhalten, auch durch die intensive Hilfe meiner Schwester für unsere Mutter. Das hatte Anni Margot, die so oft von Mitmenschen verraten wurde, auf jeden Fall verdient. Sie hatte die Hoffnung, mit Hilfe des frei gewordenen und zugesagten Heimplatzes noch länger unter ihren Lieben weilen zu können, vielleicht bis zu meinem Renteneintritt und wollte allzu gern noch die Veröffentlichungen ihrer Manuskripte miterleben. Aber dazu kam es nicht mehr.

Am Ende ihres Lebens mit all seinen Herausforderungen

Margot Skorupa ging am 04.07.2019 unter extrem starken Schmerzen im Krankenhaus von uns. Sie hinterließ fünf Enkel und vier Urenkel und nicht zuletzt Zeichnungen, Gemälde, Aufzeichnungen, Lyrik, Prosa, Manuskripte, war eine bescheidene Volkskunstschaffende in der DDR und wurde nach der politischen Wende mehrfach meine Koautorin.

Ich habe ihr versprochen, ihre Eltern für ihren gesellschaftlich leider nie gewürdigten antifaschistischen Widerstandskampf - als menschliche Leistung, nicht als Leistung oder Würdigung einer Partei bzw. einer Glaubensrichtung - bekannt zu machen. Damit hatte ich schon zu Lebzeiten meiner Mutter begonnen.

Sowohl die Nachkommen der Opfer, Täter und Mitläufer des NS-Regimes als auch die der Gegner hatten bzw. haben eine schwere Last zu tragen.[26] Zu Letzteren gehör(t)en die verwaisten Kinder der Familie Jäger. Margot zeigte in der DDR offen ihre berechtigte Hochachtung für das Verhalten der Eltern im Widerstand. Ihre Schwestern verschwiegen dieses in der Öffentlichkeit. Aber sie erhielten eine VdN-Rente, was uns erst nach der politischen Wende zufällig bekannt wurde.

---

[26] Eva Madelung, Joachim Scholtyseck: Heldenkinder, Verräterkinder, Wenn die Eltern im Widerstand waren, C.H. Beck, München, 2007, S. 19. Die Autorin merkt an, dass der „kommunistische Widerstand" in der BRD nicht, jedoch in der DDR, besonders anerkannt wurde, allerdings sei es auch dort vorgekommen, dass die Kinder ihre Zugehörigkeit zu einer Widerstandsfamilie nicht erwähnten.

Elly Jäger

(04.05.1900–27.04.1945), eines der Opfer des 2. Weltkrieges

Gedenkrede zum Volkstrauertag

Abbildung 46: Trauerbroschüre über Elly Jäger, 2016. Diese wurde in der Zeitung genannt, von unserer Familie als erste öffentliche Würdigung von Margots Mutter verstanden.

Meine Mutter verdient ebenso eine Würdigung für ihre Lebensleistung. Sie beschreibt sich selbst als ein Beispiel dafür, wie Kinder durch politische - und Machtinteressen ihrer Kindheit beraubt werden können. Trotz ihres eigenen Schicksals und Familienschicksals hatte sie immer ein Herz für andere Menschen. Kriegskinder konnten keine Kinder sein; sie mussten funktionieren und erfüllten das auch.[27]

Margots Eltern gaben im Widerstand gegen das Naziregime ihr Leben. Der Glaube an ihre Helden-Eltern gab ihr Mut und Kraft.

Der Versprecher von Ulbricht beim Anblick der lieben Nachkriegskinder der DDR ist vielsagend: „Kinder, seid ihr auch alle Kinderchen?" Leider ist dieses Thema bis heute noch nicht „ausgestorben". Kriege sind das Schrecklichste, was erwachsene Menschen anderen Erwachsenen und Kindern antun können.

Durch die Übermittlungen meiner Mutter und ihres Bruders stehen mir darüber hinaus zahlreiche, sorgsam aufbewahrte und aufgefundene Dokumente, welche Auskunft über die bereits vor dem Krieg verfolgte Familie geben, zur Verfügung. Dafür danke ich ihr und meinen Onkeln Ernst sowie Hans.

Mit der Verfolgung und Ermordung der heldenhaften Kämpfer für den Frieden, Elly und Otto Jäger, wurden ihre sechs Kinder um ihre unbeschwerte Kindheit betrogen, existenziell gefährdet und zuletzt ihrer Eltern beraubt. Das beeinflusste das gesamte

---

[27] Sabine Bode: Die vergessene Generation, Die Kriegskinder brechen ihr Schweigen, Klett-Cotta, Stuttgart, 2004, 31. Auflage 2017. Hier wurden einfühlsam die Kriegskinder, hauptsächlich von „Täter- und Mitläufer-Eltern", welche dennoch Opfer waren, befragt und betrachtet.

Leben der „Kinderfamilie"! Dies spürten auch viele ihrer Nachfahren, die dadurch keine unbeschwerte Kindheit und Jugend haben konnten, trotz der besseren Bedingungen im Frieden oder vergleichsweise auch im Kalten Krieg.

Weshalb hat Mutter Margot den „Wundertrank"[28] erfunden? Doch nicht nur für eine bessere Behandlung für alles, was da fleucht und kreucht! Damit meint sie offensichtlich nicht nur „alle Tiere".

Die „Machthaber", die den Menschen die Kindheit, das Glück und gar das Leben stehlen, sollten sich schämen: Das ist die „Botschaft" der Autorin Anni Margot Skorupa.

---

[28] In einem Zeitungsartikel in der MZ über den Stockwärter Verlag vom 16.12.2019 wurde unsere Mutter ebenso öffentlich gewürdigt, u. a. im Zusammenhang mit diesem Gedicht.

Kurzbiografie (Autorenvita)
Anni Margot Skorupa

Anni Margot Skorupa, geb. Jäger
- 1928 in Tangermünde an der Elbe geboren
- 1943 wegen Inhaftierung ihrer Mutter durch die Gestapo vorzeitig beendetes Pflichtjahr
- 01.04.1944 Kaufmännische Ausbildung, Optikwerke Wernicke & Co., Hagenstr. 1, Rathenow, bis zur Zerstörung der Werke im Mai 1945
- Anschließend 1945 Arbeit bei der Demontage im IG-Farben-Werk, Premnitz, dann in der Zuckerraffinerie, Tangermünde
- 1945/46 Fortsetzung der Berufsausbildung in Tangermünde, Anerkennung des 1. Lehrjahres, gleichzeitige Belegung der Mittel- und Oberstufe in der Berufsschule, 3 Tage vor der Abschlussprüfung an der Berufsschule neue Lehrstelle zur Buch- und Steuerprüferin bekommen, jedoch nur für wenige Tage
- 01.04.1946 Unterbrechung der kaum begonnenen Lehre aus Armutsgründen, Arbeit in der KPD-Geschäftsstelle in Tangermünde, 4 Monate im Büro und 5 Monate als Privatsekretärin des damaligen Vorsitzenden, jedoch Nichteinhaltung der Lohnzahlungsvereinbarungen
- 1947 Arbeit (kurzzeitig) in der Schokoladenfabrik, Tangermünde, fristlose Kündigung wegen Diebstahls einer Praline für ihren jüngsten Bruder
- 1947 nach der Entlassung sofortige Arbeitsvermittlung, Arbeit im Brückenbauamt, Rosa-Luxemburg-Str. und Bleichenberg (Büro), Tangermünde

- 1947 bis 1949 Studium der Humanmedizin an der MLU Halle-Wittenberg, 5 Semester, Gravidität, finanzielle Notlage
- 1949 Kaufmännische Angestellte bei der Landesregierung Sachsen-Anhalt, Ministerium der Finanzen, bis zum Umzug des Ministeriums von Halle nach Berlin
- 1950 Elly Angelika geboren
- 1950 schwerwiegende Erkrankung und Bauch-OP
- September 1951 weiterhin Arbeitsunfähigkeit, Herzkur in Ahrendsee
- 1951/52 Arbeit bei der Landesfinanzdirektion in Merseburg
- 01.05.1952 Deutsche Handelszentrale, Gummi und Asbest, Niemeyerstr., Halle,
- 1952 Krankheit und Gravidität, Schonplatz in der Deutschen Handelszentrale, Preiskalkulation, Ankerstr., Halle
- 1953 Margit Sofie geboren
- Bis September 1953 Beibehaltung des Schonplatzes, weitere Arbeitsunfähigkeit
- 1954 Ingrid Ursula geboren
- Fehlgeschlagene Versuche, die Ostern 1954 schwerwiegend psychisch erkrankte Angelika in einer Tagesbetreuung unterzubringen
- 1962 Vertretung als Zeichenlehrerin an der POS Kröllwitz, Halle
- 01.10.1970 bis 31.12.1976 Mitglied des Deutschen Kulturbundes, (DKB), Grundorganisation Bildende Kunst, zusammen mit Margit und Ingrid, dort Freundschaft mit dem Maler Kurt Marholz

- Volkskunstschaffende der DDR, rege Beteiligungen an Ausstellungen (Moritzburg, Marktschlösschen, Zoo, Organisation: Puschkinhaus)
- 1954 bis 2005 ununterbrochene häusliche Pflege der psychisch schwer behinderten, schulbildungsunfähigen Tochter Angelika
- Keine nennenswerte Altersrentenberechtigung, minimaler Renten- bzw. Auffüllbetrag, da Anni Margot Skorupa nicht gearbeitet habe; der Auffüllbetrag wurde später kontinuierlich „abgeschmolzen"
- 2019 im Krankenhaus unter extremen Schmerzen verstorben

Kurzbiografie (Autorenvita)

Dr. Ingrid Ursula Stockmann

Dr. med. Ingrid Ursula Stockmann, Jahrgang 1954, wurde in Halle (Saale) geboren. Nach dem Studium der Humanmedizin an der Martin-Luther-Universität in Halle von 1973 - 1979 arbeitete sie zehn Jahre lang in der Universitäts-Nervenklinik in Halle. Hier erfolgten die Facharztausbildung für Neurologie und Psychiatrie, eine Ausbildung in Intendiert-dynamischer Psychotherapie, Einzel- und Gruppengesprächspsychotherapie, für Katathymes Bilderleben, Autogenes Training und verhaltenstherapeutische Methoden sowie die Promotion.

Bereits in den 80er Jahren führte sie als erste, dort angestellte Nervenärztin, auf der geschlossenen Frauenstation Bibliotherapie und Gruppengespräche durch, entdeckte bei der Arbeit in der Tages- und Nachtklinik ihre Liebe zur Sozialpsychiatrie und leitete den Patienten-Club.

1989/1990 entschloss sie sich zu einem Wechsel zur Kinderpsychiatrie (Stadtkrankenhaus) und zum Sozialpsychiatrischen Dienst (Gesundheitsamt) - in Halle. Zusätzlich zur Arbeit im Amt erhielt sie eine Ermächtigung für Sprechstundentätigkeit, führte dort weiterhin ambulante Gruppenpsychotherapien (einschließlich Bibliotherapie) durch und gründete einen neuen Patientenclub.

1993 - 2020 arbeitete Dr. Stockmann als niedergelassene Nervenärztin mit Schwerpunkt Psychotherapie in Halle. Sie schloss die umfangreiche psychotherapeutische Ausbildung in Tiefenpsychologisch fundierter Einzelpsychotherapie und weiteren Therapiemethoden ab.

Angeregt durch ihre Cousine Anke Voigt, Sängerin und Buchautorin, begann auch die Ärztin mit ihrer Autorentätigkeit und gab ihr erstes Buch „Wenn Verwandte über das Leben und die Liebe s(p)innen", eine Familien-Anthologie, 2011 heraus. Mit ihrer Mutter, Margot Skorupa, schrieb sie das Buch „Auf Nilpferde hört man nicht" (Lyrik und Prosa). Trotz ihrer voll ausgelasteten psychotherapeutischen Arztpraxis veröffentlichte sie insgesamt zwölf Bücher, die über den BoD Norderstedt und den Projekte Verlag Cornelius veröffentlicht und von ihrem Sohn Bernd Stockmann bearbeitet sowie gestaltet wurden. Außerdem führt die ärztliche Psychotherapeutin seit über zwei Jahrzehnten interessierte Menschen zu Literatur-, Natur- und Heimatgeschichts-Spaziergängen durch die Gegend von Halle und Umgebung. Die Teilnehmer stellen dabei auch eigene Texte vor. Die Liebe zur Literatur hat ebenso die beiden Söhne der Autorin - Bernd und Martin Stockmann - ergriffen, welche Buchautoren sind.

Inzwischen unterstützt Dr. Stockmann zusammen mit ihrer Schwester, Margit Schiwarth-Lochau, die ebenfalls Buchautorin ist, den Stockwärter Verlag ihres Sohnes Bernd, war eine der Herausgeber/innen des Lyrikbandes „Es war einmal im Zschopautal" und ließ bei ihm bereits mehrere selbst illustrierte Jugendbücher veröffentlichen: „Puppe Elke Doll", „Ein Pechvogel namens Bruno", „Ein Hut geht auf die Reise", „Ria und die unsichtbaren Pferde", „Im Fischerhaus am Berg" sowie „Rettermaxe in Oppidum", als bisher 17. Buch. Ihr Herz gilt der Lyrik und Prosa für Kinder und Erwachsene, zeitgeschichtlichen und fachlichen Themen, wie dem der transgenerationalen Traumaübertragung.

Anhang 2
Trauergedichte

Liebe Mutter![29]

Anni Margot Jäger
Halle, April 1948

Mama, von dir möchte ich träumen,
Möcht' ich träumen bei Tag und Nacht.
Möchte nie einen Tag versäumen,
An dem ich nicht an dich gedacht.

Weilst du in der weiten Ferne?
Oder ruhst du schon in kühler Erde?
Kein Tag vergeht ohne Hoffen und Sorgen.
Trübe blicke ich in den kommenden Morgen.

---

[29] Ingrid Ursula Stockmann & Anni Margot Skorupa: Auf Nilpferde hört man nicht, Gedichte-Duell zwischen Tochter und Mutter, BoD, Norderstedt, 1. Auflage, S. 98.

Liebe Mutter!

Mama, von dir möchte ich träumen.
Möcht' ich träumen bei Tag und Nacht.
Möchte nie einen Tag versäumen,
An dem ich nicht an dich gedacht.

Weilst du in der weiten Ferne.
Oder ruhst du schon in kühler Erde?
Kein Tag vergeht ohne Hoffen und Sorgen.
Trübe blicke ich in den kommenden Morgen.

Abbildung 47: Trauergedicht mit Silhouette von Premnitz.
Ingrid Ursula Stockmann (Hrsg.): Wenn Verwandte über das Leben und
die Liebe s(p)innen, BoD, Norderstedt, 2012, S. 103.

Für Papa[30]

Anni Margot Jäger
Halle 1948

In Wellmitz an der Oder
liegst du im kühlen Grab,
ach könnte ich mich senken -
zu dir hinab.

Mit banger Ahnung tat ich dich
damals begleiten.
Jetzt wirst du nimmermehr
an meiner Seite schreiten.

Es war vor drei Jahren,
da bist du fortgegangen,
mit kindlicher Liebe hab' ich
an dir gehangen.

Du kehrtest nimmer wieder,
ich singe Trauerlieder.
Ein Sträußel möcht' ich pflücken,
um dein frühes Grab zu schmücken.

---

[30] Ingrid Ursula Stockmann & Anni Margot Skorupa: Auf Nilpferde hört man nicht, Gedichte-Duell zwischen Tochter und Mutter, BoD. Norderstedt, 2015, 1. Auflage, S. 100.

Abbildung 48: Burg Giebichenstein, Unterburg.

Trauergang zurück ins Leben

Ingrid Ursula Stockmann
(Auszug aus der Trauerbroschüre
und Grabrede am 22.07.2019, S. 1 ff)

Hier die Burg! Es zog dich hin;
Turmgemäuer zog dich an.
Froh es machte dir den Sinn,
dieses hatte dich im Bann.

Schau' ich hin zum Eisentor,
standen einst mit dir davor.
Alle Türen waren zu ...,
und die Aufsicht ging zur Ruh'.

Dämm'rung kam, das war zu viel.
Rufen führte dann zum Ziel.
Kamen Künstler[31] schnell herbei -
von der Unterburg, gleich zwei.
Stemmten auf das schwere Tor,
keiner seinen Kopf verlor.

Auf der Wiese vorm Gemäuer
war das Gänseblümchen-Meer.
Heute ist die Wiese neuer,
seh' dort keine Blümchen mehr.

---

[31] Einer von ihnen war der Maler Willi Sitte.

Abbildung 49: Eisernes Tor von der Oberburg zur Unterburg.

Gern gesessen haben wir -
auf der Wiese als 'ne Zier.
Frisch erstrahlten unsre Augen:
Schönste Mutti, kaum zu glauben.

Gut und lieb und hübsch, so jung,
jung wir alle, mit viel Schwung.
Wollten, dass sie niemals stirbt,
immer, ewig uns gehört.

Traurig war sie manches Mal.
Armut, Krankheit, manche Qual
glichen wir als Kinder aus -
und Natur als Augenschmaus.

Oft war Vati bei der Bahn,
ließ die Züge sicher fahr'n.
Brachte damals nicht viel Geld,
schöner macht Natur die Welt.

Malen tat man sich das Beste,
warm und sicher war's im Neste.
Malen brachte sie uns bei,
Geli war's nicht einerlei.

Weiter zieh' ich an die Orte,
und sie bringen mir die Worte.
Weiß ich doch, es ist nicht gut,
wenn sich keine Träne tut.

Abbildung 50: Unsere Eltern mit ihren drei Töchtern Angelika, Margit und Ingrid.

An der Brücke steht das Pferd,
steinern auch die graue Kuh;
haben uns und dir gehört,
Geli winkte ihnen zu.

Brücke führt nach Kröllwitz rein.
Will jetzt da bei Mutti sein,
wo lebendig sie einst war;
schön war das, schön und wahr.
Sind so viel mit dir gegangen,
viel mit Hoffen, auch mit Bangen.

Windel-Burg, sie strahlt mit Kraft,
hat jetzt oben Nachbarschaft.
Auf der Brücke fährt vorbei,
Notarzt-Wagen ..., 112.

Abbildung 51: Kröllwitzer Brücke. Auf dem Felsen im Hintergrund befand sich mündlichen Überlieferungen nach ein Kinder- bzw. Säuglingsheim, genannt die „Windelburg".

Gern tu' ich im Krug nun landen.
Geld dafür ist jetzt vorhanden.
Unlängst waren wir auch hier,
wir zwei Schwestern, froh mit dir.
Froh warst du und doch so arm,
weil gestreikt hat dort dein Darm.

Abbildung 52: Blick auf die Gaststätte „Krug zum grünen Kranze".

Wieder tat dein Bauch dir weh ...,
mit dem Rollstuhl zum WC.
Brachte Kellner die Gerichte,
waren wir noch weg vom Tische.

Aßest dann den schönen Fisch,
zeigtest Leid nicht im Gesicht.
Freundlich war dein lieber Blick;
käm' er doch zu mir zurück!

Abbildung 53: Mutti im Rollstuhl.

Kellner hat mich jetzt geweckt:
„Hat Salat denn gut geschmeckt?"
Wilde Blumen, so wie diese,
hab' ich lieber auf der Wiese.

Mutti hätte 's auch gedacht.
Haben gern zusamm' gelacht.
Bald will ich dann weiterzieh'n,
zieht mich zum Geburtshaus hin.

Nun spaziere ich mit dir
rückwärts in das alte Hier.
Kröllwitz war uns Elixier!
Kirchberg 1, da wohnten wir.

Abbildungen 54 & 55: „Fischerhaus am Berg" und Treppen, hoch zur Petruskirche.

174

Wie beschwingt und „step by step",
hoch die Treppe, ganz geschwind,
zur Max-Nenke-Straße 6.
War als Kind in hohem Bogen
abwärts einmal hingeflogen.

Abbildung 56: Max-Nenke-Str. 6.

Freundin hatte mich gezogen.
Hörnchen hattest du gekühlt,
voller Liebe mitgefühlt.
Geh' ich jetzt Mal weiter hoch.

Abbildung 57: Meine Eltern zur Einschulung ihrer jüngsten Tochter Ingrid.

Steht ein Mann vorm Hause doch!
Werd' ich nun erst weiterzieh'n.
Also weiter, hoch den Kopf,
geh' ich gleich zur Schule hin.

War die liebste Schule mir.
Sitze nun bei dem Getier.
Gänse, drei, sind wieder hier.
Aus der Petrus-Kirche dringt
Orgel-Spiel, das tröstlich klingt.
Hatte dich zu deiner Zeit
immer wieder auch erfreut.

Abbildung 58: Der Gänsebrunnen am Schulhof der Kröllwitz-Schule.

Hin zum Ort der Schmerzen jetzt,
zu dem Hause Nummer 6.
Hin zum Ort des puren Glücks -
zum Geburtshaus schnell zurück.

177

Uns zwei Mädchen, unter Schmerzen,
hast du hier zur Welt gebracht.
Was du da geleistet hast!
Hier, der Startpunkt meines Seins.
Du verdienst dafür die Eins!

Abbildung 59: Mutter Margot mit ihren Töchtern Margit (links), Ingrid (Mitte) und Angelika (rechts) und einem geliehenen Kinderwagen.

Geli war schon, ach, so krank.
Unfall raubte ihr 'n Verstand,
weil die Sprache ihr entschwand.
Hoffnung gab 's im Wochenbette.
Kunst hat oft das Glück gerettet.

Malten, schrieben immerzu,
Schwester Margit, ich und du.
Immer warst du zu uns nett.
Fern war einst dein Sterbebett.

**Abbildung 60: Margot Skorupa in ihrer alten Heimat Tangermünde,
Juni 1979.**

Abbildung 61: Vater Herbert (hinten links) und Mutter Margot Skorupa (hinten rechts) mit Tochter Angelika (Mitte) bei einem FDGB-Urlaub.

Wollten reden noch mit dir!
Reden wolltest du ja auch,
doch versagte dir der Bauch.
Grausam waren deine Schmerzen,
und die gingen uns zu Herzen.
Qualvoll war's trotz Morphium.

Abbildung 62: Mutter Margot Skorupa mit einem selbst handgestrickten Pullover. (Muster ohne Vorlage „aus dem Kopf" gestrickt.)

Spritzen machten dich nur stumm.
Hörtest uns und konntest keine
Abschieds-Worte uns mehr sagen,
abgeschieden und alleine.
Menschen müssen viel ertragen.
Könnten wir die Vorfahr'n fragen ...

Deine Ingrid

Abbildung 63: Die drei Schwestern Ingrid, Angelika und Margit. Wir halten heute noch zusammen. Auch auf diesem Foto war Angelika bereits schwer komplex traumatisiert. Sie sah immer normal aus, außer zu den Zeiten, wenn sie getriggert wurde. Und das ist bis heute so.

Anni Margots Wunsch nach dem Weltfrieden

Zusammenhalt!

05.07.2013
Anni Margot Skorupa

Wo dunkle Kräfte walten,
soll man da den Mund halten?
Mit Nichten!
Nana, was sollen die denn ausrichten?

Ich meine doch mitnichten:
der Herrgott wird's schon richten!
Lasst den Dingen seinen Lauf,
nehmt Niederlagen in Kauf!

Was ist denn dies für eine Theorie?
Dann schaffen wir
„Den Weltfrieden" nie in die Tat
umzusetzen; „Entsetzen!"

Der Herrgott hat uns die Gabe
zur freien Entfaltung geschenkt!
Wer da denkt: „Es ist nicht wahr!"
Der sieht nicht klar!

Wenn Menschen zusammenhalten,
lässt sich das Leben besser gestalten.
Drum seid bereit
für eine schöne, sinnvolle Zeit!

Unsere gemeinsamen Werke

- Wenn Verwandte über das Leben und die Liebe s(p)innen
- ... auf die Pauke ihr Affen
- Opas unglaubliche Verwandlung
- Ich bin ein alter Esel
- Auf Nilpferde hört man nicht

Abbildung 64: Margots Ehemann bei der Arbeit.

Deine Werke

Hunderte von gemalten Bildern,[32]
zwei unveröffentlichte Manuskripte,
sehr viele Gedichte und Notizen,
die Unterstützung des beruflichen Aufstiegs
deines Mannes zum Sicherheitsinspektor
und zum Reichsbahnrat,
die etwa 50jährige häusliche Pflege
deiner ältesten Tochter Angelika,
dein umfangreiches Literaturstudium
zwecks beständiger Recherchen
über unsere Vorfahren,
deine Weitergabe von Überlieferungen
und von Wissen über deine Familie,
die Betreuung und Unterstützung deiner
fünf Enkel und vier Urenkel
sowie die Unterstützung der
Berufstätigkeit deiner Töchter
Margit und Ingrid
und nicht zuletzt die Hilfen
für den Stockwärter Verlag von
deinem Enkel Bernd.

---

[32] Auf der Buchmesse in Leipzig 2014 wurde Margots Bilderbuch „... auf die Pauke ihr Affen", Text Ingrid Ursula Stockmann, damals Skorupa und 16 Jahre alt, ausgestellt. Auf dem Coverbild des vorliegenden Buches zeigt sie uns dieses - glücklich, zufrieden und auch ein wenig stolz. Der „Kinderbuchverlag der Pionierorganisation Ernst Thälmann" wollte das Buch 1972 nicht haben und bezeichnete die Affenbilder als zu naturalistisch, eher für ein „Sachbuch" geeignet. Die wahren Hintergründe wurden nicht mitgeteilt.

Abbildung 65: Rabbiner, nach Rembrandt Harmenszoon van Rijn,
Anni Margot Skorupa.

Abbildung 66: Rabbiner, aus dem Gedächtnis gemalt,
Anni Margot Skorupa.

Mutters Lebenshaltung

Ingrid Ursula Stockmann
(Trauerbroschüre, letzte Seite)

Jeder hätte
Päckchen mit sich
rumzutragen?
Nimm dein Päckchen,
pack es aus,
fülle lieber
deine Säckchen,
fülle sie mit
Lebensschmaus!

Lebensschmaus
aber ist
leider kein
Schnellgericht.
Achte drauf,
warte nicht,
gib nicht auf!

Und was nützt
alles Geld
auf der Welt,
wenn man kein
Mitgefühl
mehr besitzt?

Selbst noch als
Leidende
spendete
andren sie
Empathie.

So war Mutters
Lebenshaltung,
ihres Lebens
Stärke und
die Gestaltung.

Ihren Eltern
abgeguckt
hatte sie 's,
aufrecht bis zum
bitt'ren Ende,
das in die
Zukunft wies.

Deine Ingrid
in Achtung und Liebe

Bewahrt den Frieden!

Ingrid Ursula Stockmann,
22.06.2011[33]

Ich las von Millionen Soldaten,
Geschosse schlugen bei ihnen ein,
ins Hirn, Herz und Gebein;
die Ärmsten durften keine Väter sein.

Ich las und hörte von Zivilisten,
Millionen Alten, Kindern und Frauen,
erlebten seelisches und körperliches Grauen,
konnten das Licht der Welt nicht mehr schauen.

Wasserbeine platzten unter Schreien,
Maden krochen aus Rücken und Hintern,
besser erging's auch nicht ihren Kindern.
Nichts konnt' ihre Leiden lindern.

Bündel von Babys, steifgefroren,
lagen an der Chaussee im Schnee,
waren gerade erst neu geboren,
kein Klang drang mehr an ihre Ohren.

So manche woll'n heut' nicht Eltern werden
und ausüben diese schöne Rolle,
hier im Frieden auf dieser Erden.
Es ist doch Frieden, was sind die Beschwerden?

---

[33] (Vor 70 Jahren überfiel Hitlers Wehrmacht die Sowjetunion.)

Hässlich nennt man überschüssiges Fett,
bei Frauen, an Hüften und Hintern,
Orangenhaut löst Ängste aus, schon bei Kindern?
Es ist doch Frieden, was kann diese Ängste lindern?

Ich hörte sogar von dem Extrem,
die Geburt eines Kindes als Beschädigung
der Attraktivität der Vulva anzuseh'n.
Ist das „Luxus", wie soll man das versteh'n?

Wenn's keiner mehr wünschte alt,
mit körperlichen und gesundheitlichen Folgen zu werden,
spart's Renten hier auf dieser Erden.
Schwindet des Lebens Sinn, wenn Schönheit ist dahin?

Nehmt Striae, Röllchen und Falten,
man nenne Grau besser nicht Friedhofsblond,
gehöret gern zu den ganz Alten,
durch Krieg haben's Millionen nicht gekonnt.

Sicher, bei allem Ernst von heute,
brauchen Galgenhumor, so manche Leute.
Und ganz ohne schwarzen Humor,
wie käm' das Leben uns da vor?

Warum gibt's nicht Frieden auf der ganzen Welt?
Warum geht's so viel um Macht und Geld?
Warum ist nicht jeder glücklich erhellt?
Wir danken für den Frieden hienieden.

Nachruf

Unsere Mutter, Anni Margot, hatte ihr Leben im Kleinkindesalter mit ihren liebevollen Eltern als befriedigend und die Beziehung zu ihnen als harmonisch empfunden, auch wenn diese nicht immer beschützend zur Stelle sein konnten. Keinesfalls teilten sowohl ihre Mutter als auch ihr Vater die Ansichten der sogenannten schwarzen Pädagogik, waren sie doch auch gegen Gewalt in der Gesellschaft und durch Krieg.

Margot erlebte viel Freudvolles und begeisterte sich frühzeitig für die Natur. Andererseits wurde sie bereits als kleines Kind durch Menschen in ihrer unmittelbaren Umgebung mit Kränkungen, Angst, Schrecken und Todesangst konfrontiert, aber die Familie war noch beisammen und konnte sich nach außen stark machen. Kränkungen erlebte Margot auch durch die beiden älteren Schwestern, glich dieses durch Lerneifer und eigenständige Spaziergänge durch die schöne Umgebung von Tangermünde aus. Das waren gute Grundlagen für die Entwicklung von Resilienz, die sie auch bei allem künftigen Schrecken und Grauen nötig brauchte. Auch war sie mit Begabungen gut ausgestattet. Intellektuelle und künstlerische Fähigkeiten, das Streben, stets ein treues, ehrliches deutsches Mädchen zu sein, verschafften ihr Selbstwertgefühl und Halt. All das und die Liebe zu ihren Eltern verhalf ihr auch beim Überstehen der schweren Zeiten während der KZ-Inhaftierungen ihres Vaters und der eigenen Inhaftierung mit Mutter und Geschwistern im Polizeigefängnis Tangermünde, kurz nach ihrer Einschulung. Das erste Mal wurde ihr geliebter Papa vor ihrem fünften Geburtstag inhaftiert und schrieb ihr eine Geburtstagskarte aus dem KZ Lichtenburg. In allen belastenden Lebenssituationen konnte die geliebte Mutter an ihrer Seite

192

bleiben. Margot hatte viel Einfühlung für ihre belastete Mama und wollte sie stets unterstützen, deshalb bot sie sich auch später, kurz vor Kriegsende an, ihre Schwester Irmela von ihrer Arbeitsstelle aus Rathenow nach Premnitz zur Mutter zurückzuholen.

Im Alter von fünfzehn Jahren, in dem andere ihre Pubertät durchleben, wurde es noch schlimmer, denn das längst „erwachsene Kind" verlor zusammen mit seinen Geschwistern für ein viertel Jahr die Fürsorge und Obhut durch die Mutter, indem diese als politischer Häftling in die „Irrenanstalt" eingesperrt wurde. Margot führte erst allein und dann mit der Großmutter väterlicherseits den Haushalt und kümmerte sich um die kleinen Brüder, von denen der jüngste 6 Jahre alt wurde, als die Mutti noch in Haft war. Nach der Haftentlassung hatte ihre liebe Mutter nie wieder gesungen. Margot unterstützte und entlastete sie, wo sie nur konnte.

Letzten Endes wurde die Sechszehnjährige ein viertel Jahr vor Kriegsende, durch das Erschießen ihres Vaters in einem Strafbataillon, Kriegshalbwaise, und, wenige Tage vor der Erlangung des Friedens, auf Grund der Ermordung ihrer Mutter Elly durch einen jugendlichen Nazi, Kriegsvollwaise. Bis in das Erwachsenenalter hinein glaubte sie den Behauptungen, dass ihre Mutter vermisst sei und irgendwo, vielleicht in „Russland", wo sie Verwandte gehabt habe, noch leben würde, denn es gab auch kein Grab. Eine Trauerverarbeitung war für Margot somit sehr lange Zeit nicht möglich.

Beizeiten, d. h., auch schon als kleines Kind, musste sie lernen, sich selbst zu behelfen und entwickelte dadurch eine emotionale Frühreife, welche das Funktionieren in Extremsituationen und Überleben von bedrohlichen Übergriffen im Krieg ermöglichte.

Solche Kinder, wie Margot, können sich auch ungewöhnlich weit zurückerinnern, ihre Erinnerungen besonders gut im Langzeitgedächtnis speichern und mittels dieser nachfolgend besonders viele Verknüpfungen herstellen.

Durch ihre Liebe zu den Eltern, welche auch Nächstenliebe bzw. Liebe zu anderen, insbesondere bedürftigen Menschen, vorlebten, entwickelte Margot ebenso eine ausgeprägte Menschenliebe. Dies äußerte sich in großer Hilfsbereitschaft und Verständnis für ihre Mitmenschen. Wegen der Überforderung ihrer Eltern viel auf sich allein gestellt, wurde sie zwar eigenständig, jedoch schüchtern und zurückhaltend. Sie musste später zunehmend mit Benachteiligung, Diskriminierung, Armut und politischer Verfolgung klarkommen. Auch während solcher Zeiten sprach sie anderen Menschen in schwierigen Situationen Mut zu, womit sie (unbewusst) ihre eigene Resilienz stärkte.

Durch die früh begonnenen Verlust- und Gewalterfahrungen (bereits vor dem Krieg) erlitt Margot bleibende Einschränkungen in ihrer psychosozialen Lebensqualität. Es ging nach dem Krieg alles „drunter und drüber", sagte Margot zu uns Kindern. Ihre ältere Schwester äußerte später: „Alles drehte sich nur ums Essen." Zu Margots Lebenserfahrungen in der unmittelbaren Nachkriegszeit zählte, dass ihr nichts zustünde, was sich nach der Gründung der DDR fortsetzte. Das war oft nicht nur schmerzlich und kränkend, sondern auch existenziell bedrohlich. Glücklicher Weise machte sie den Sinn ihres Lebens nicht von materiellem Besitz abhängig, sondern schöpfte ihren Wert aus dem, was sie sich an Fähigkeiten und Kenntnissen aneignete.

Aber das mangelnde soziale Ansehen und Erniedrigungen durch einige Menschen, DDR-Bürger, die politisch erwünscht und somit bevorzugt lebten, machten ihr zu schaffen. „Ich mache mir nichts draus und tu so, als ob ich nichts merke", sagte sie oftmals ermutigend zu uns und zu sich selbst. In Situationen von Überprüfung durch die Staatssicherheit, beispielsweise bei „Hausbesuchen", Kontrollen durch Streifenwagen auf der Straße oder verbalen Provokationen durch Nachbarn, die Margot sehr wohl als solche bemerkte und manchmal auch nur ahnte, reagierte sie im Sinne einer guten Anpassungsleistung mit einer gespielten Unbekümmertheit und scheinbaren Naivität. Das war ihr durch ihr ohnehin freundliches Wesen gegeben und wurde zu einer „Taktik zur Abwehr von Angst". Margot war dazu in der Lage, weitere, schlimme bedrohliche Erlebnisse und Einflüsse, die ihr den Lebensmut geraubt hätten, von sich und uns Kindern weitestgehend fernzuhalten. Das Schlimmste wäre gewesen, wenn man sie aus politischen „Gründen" von ihren Kindern getrennt hätte.

Belastend genug war die ständige Kriegsangst, verstärkt durch Parolen im Kalten Krieg, durch welche die „Kriegstreiber im Westen" beschimpft wurden. Wenn unsere Mutter unsere zahlreichen Verwandten in der BRD besuchte, war sie jedes Mal erleichtert und ermutigt, weil dort niemand von einem bevorstehenden Krieg oder gar Atomkrieg geredet hatte. Aber auch ihre Sehnsucht nach den westdeutschen Familienmitgliedern, die den Krieg und die Republikflucht überlebt hatten, wurde ihr politisch als feindliche Einstellung der DDR gegenüber ausgelegt. Die Kriegsangst, die nicht nur Margot erlebte, war ein „Überbleibsel" der Zerstörungskraft des Krieges. Ihr Bedürfnis nach Bindung zu ihren „staatsfeindlichen" Verwandten hatte nichts mit Politik zu tun. Nach der politischen Wende empörte sie sich: „Ich war immer gut zu anderen

Menschen, ich habe keinem etwas getan und dafür wurde ich bespitzelt!" Auf das schädigende Verhalten meines ehemaligen Jugendfreundes, eines versteckten Spitzels, bezogen, äußerte sie sich später empört: „Er und seine Margitta waren so freundlich zu mir ..., dabei haben sie mich auf dem Kieker gehabt!" Margitta (Name geändert) war seine heimliche Geliebte.

Heute sehe ich selbst das so: Wir wollten ihn - aber er wollte uns nicht. Wir wollten in der ehemaligen DDR helfen - aber die DDR wollte uns nicht.

Dieses gute Gespür für solche merkwürdigen Situationen, in denen mir und der Familie geschadet und insbesondere mein berufliches Vorankommen verhindert werden sollte, habe ich von meiner Mutter. Dabei war mein Vorteil, dass ich nicht selbst direkt durch den Krieg belastet war und ich kein behindertes Kind zu versorgen hatte. Unter derart erschwerten oder fast vernichtenden Bedingungen, wie im Leben meiner Mutter, hätte ich nicht Ärztin werden können. Aber in einem Fall versagten bei mir und meiner Mutter Argwohn und Intuition. Statt dessen hatten wir - und auch meine mittlere Schwester - lange Zeit Vertrauen zu dem o. g., damaligen Jugendfreund von mir. Welch Riesenenttäuschung! Ent - Täuschung: Die Täuschung war vorbei. Aber unsere Hilfsbereitschaft und unser Verständnis für andere Menschen blieben bei uns drei Frauen erhalten.

Bis zum Ende ihres Lebens erhoffte sich Margot den Weltfrieden und schrieb Gedichte darüber. Daher empörte sie sich u. a. auch über den Vietnamkrieg und fertigte eine Kohlezeichnung zu diesem Thema an. Befriedigung und Trost verschaffte ihr ein umfangreiches Literaturstudium, auf der Suche nach den von ihrer Mutter überlieferten und vermuteten Wurzeln ihrer später verarmten Familie, denn Archivunterlagen waren den ehemaligen DDR-Bürgern nicht zugänglich. „Die Auskunft meiner Mutter über unsere Vorfahren in unserem letzten Gespräch vor ihrem Verschwinden war fast das Einzige, was ich noch von ihr hatte", sagte sie zu uns. Wenn sie die entsprechenden Bücher las, fühlte sie sich mit ihr verbunden.

Aus Margot wurde kein Mensch, der passiv sein „Päckchen zu tragen" hat, sondern sie gestaltete aktiv ihr Leben. Wenn sie schon ein solch schweres Schicksal mit einer Folge von traumatischen und schockierenden Erlebnissen hatte, gab sie die Hoffnung jedoch nie auf, dass sie sich und ihrer Familie, insbesondere ihren Kindern, immer wieder freudvolle Erlebnisse verschaffen kann. Sie setzte sich mit ihrer Vergangenheit auseinander, war dabei, die vielen Verluste Schritt für Schritt zu verschmerzen, während sie auch auf tatsächliches Glück, beispielsweise beim Medizinstudium und durch ihre Arbeit bei der Landesregierung in Halle, zurückblicken konnte. Einmal erlebte unsere Mutter eine derartige Erschütterung, dass sie so weit war sich aufzugeben, nämlich wenige Zeit, nachdem ihre erste Tochter in Tangermünde, ohne eine bekannte Ursache, „verrückt" geworden war. Der Trost, zwei weitere, hoffnungsvolle Kinder geboren zu haben, reichte schließlich nicht mehr aus, ihr äußerst erschwertes Leben zu ertragen. Sie wurde allein gelassen und moralisch gesehen verraten. Damals stand sie mit uns drei Kindern auf einer Brücke und sprang nicht. Danke!

Hätte Margot doch eine Freundin gehabt! Wenigstens eine Freundin, wenn sie schon Kriegsvollwaise war! Sie half so vielen und sprach ihnen Mut zu. Margots kriegstraumatisierter Ehemann war zu sehr mit sich selbst, seiner Arbeit und dem Mitleid mit seiner ebenso traumatisierten Mutter, welche den ältesten Sohn und den Ehemann - sowie zusammen mit den überlebenden fünf Kindern die Heimat in Oberschlesien - verloren hatte, beschäftigt. Wir zwei emotional frühreifen Schwestern wurden für unsere Mutter Freundinnen und Stützen, hörten ihr mit viel Anteilnahme zu. Unser Vater konnte in seiner Ehe und seiner selbst gegründeten Familie nicht empathisch reagieren. Ein Grund dafür war offenbar, dass er als Kind mit den Erziehungsmethoden (harte körperliche Strafen und fehlende Einfühlung) der sogenannten schwarzen Pädagogik, gemäß dem Erziehungsratgeber von Dr. Johanna Haarer, aufgewachsen war. Außerdem dominierte sein Vater, der im ersten Weltkrieg diente und mit dem EK 1 und EK 2 ausgezeichnet wurde, zu Hause mit „preußischer Strenge", so, wie es in der Gesellschaft erwünscht war.

Unsere Mutter verbot ihrem Ehemann unter Androhung von Konsequenzen erfolgreich, uns Kinder zu schlagen. Seine verbalen Wutausbrüche dürften Folgen der Traumatisierungen während der Kriegsgefangenschaft gewesen sein.

Die Verfolgung durch die Nazis, die Kriegserlebnisse einschließlich Vergewaltigung und Flucht aus Rathenow, einer zur Festung erklärten Stadt, die Ermordung ihrer Eltern sowie später, in der ehemaligen DDR, die Überwachung und Zersetzungsversuche durch die Staatssicherheit, konnte sie in späteren Lebensjahren ohne Psychotherapie, mit ihrer selbst gegründeten Familie, Stück für Stück verarbeiten und dadurch manche Schicksalsschläge verschmerzen. Befriedigung und Trost verschafften ihr u. a. das Schreiben von Gedichten, Aufschreiben ihrer Erinnerungen, Malen, Zeichnen, Ausflüge in die Natur und in nahegelegene, geschichtsträchtige Städte. Es hatte sich gelohnt am Leben zu bleiben. Freude, Trost, Erfüllung, Befriedigung erlebte Margot auch durch ihre liebevollen Töchter, denen sie half und die wiederum ihr viel halfen, insbesondere, wenn ihr, wegen der erlittenen Kriegstraumatisierungen, dem Unverständnis seitens ihres Ehemanns und der Pflege ihrer behinderten Tochter, zeitweilig die Energien schwanden.[34] Sie hatte viel mit uns über die Vergangenheit und unsere familiäre Situation gesprochen, denn sie beabsichtigte damit, dass wir das Leben einschätzen und uns notfalls auch zeitig selbst helfen können. Als jüngere Frau rechnete sie wegen somatischer Erkrankungen und z.T. auch psychosomatischer Beschwerden damit, nicht alt zu werden. Schließlich ging es ihr im Alter, dank ihrer eigenen Resilienz und der ihrer gesunden Töchter, trotz schwerer organischer Erkrankungen psychisch besser. Auch halfen ihr meine späteren Berufserfahrungen und die Einbeziehung in die jahrelangen Recherchen von uns und ihrem Bruder, Ernst, bezüglich des Schicksals ihrer Eltern sowie unsere genealogischen Forschungen in Archiven. Nach der politischen Wende suchten wir mit unserer Mutter das Kriegsgrab ihres Vaters und das mutmaßliche, kleine Massengrab mit den Gebeinen ihrer Mutter auf und trauerten gemeinsam.

Es ist kein festgeschriebenes Gesetz, dass Menschen aus der Kriegskindergeneration über ihre erlittenen Grausamkeiten nicht reflektieren können, weil die damit verbundenen Gefühle unerträglich wären und dass die Folgen im Alter noch schlimmer werden, sie daran letztendlich zerbrechen, also keine Resilienz entwickeln. Dazu, dass einige Kriegskinder

---

[34] Zeitweilige Eltern-Kind-Umkehr (Parentifizierung).

doch Resilienz erlangten, finden sich auch günstige Bewältigungsbeispiele in der Literatur.[35]

Nach der politischen Wende wurden Margots Leistungen für die Pflege der behinderten Tochter endlich durch Pflegegeld anerkannt. Unsere Mutter fühlte sich sicherer und trotz organischer Beschwerden besser, offensichtlich auch durch den Rückgang von zusätzlichen psychosomatischen Beschwerden, wie starke Atemnotanfälle in Situationen, wo durch Trigger Kriegstraumatisierungen reaktiviert wurden. In ihren letzten Lebensjahren erhielt sie zu ihrer zu niedrigen Rente im „neuen System" nunmehr noch eine Witwenrente, was zur Verbesserung ihrer Lebens- und Wohnverhältnisse beitrug und ihrem „Gerechtigkeitssinn" wenigstens in diesem Fall genüge tat.

Margot hatte bis zuletzt die starke Hoffnung, dass zu ihren Lebzeiten doch noch die Lebensleistung ihrer ermordeten Eltern sowie ihre eigenen Leistungen und ihr künstlerisches Schaffen öffentlich bekannt gemacht und anerkannt werden. Meine Schwester und ich hatten bereits begonnen, ihr dabei literarisch zu helfen, die Familie Jäger für ihren Kampf für Gerechtigkeit, Menschenliebe und Frieden zu würdigen und damit bekannt zu machen. Dafür hätte sie gern noch ein paar Jahre gelebt. Das hätte für unsere Mutter eine gewisse Rehabilitation und „nachgeholte" Gerechtigkeit bedeutet.

Anni Margot Skorupa gehörte zu der unfassbar geschädigten und benachteiligten und zudem noch vergessenen Generation der Kriegskinder. Hinter ihrem Schicksal steht das Schicksal ihrer Eltern im Widerstand gegen Hitler von dessen

---

[35] Sabine Bode: Die vergessene Generation, Die Kriegskinder brechen ihr Schweigen, Mit einem Nachwort von Luise Reddemann, KLETT-COTTA, 31. Auflage, 2017.

Machtübernahme an bis gegen Ende des Krieges. Ungeheuer viele Menschen erlebten als Kinder ebenso Schreckliches, ganz gleich, ob ihre Eltern Täter, Mitläufer oder Opfer waren. Und man denke an das unfassbare Leid der Kinder der Holocaust-Opfer sowie an das unermessliche Leid aller Kinder auf der Welt, die den Krieg erleben mussten und noch heute Kriege erleben!

Unmittelbar vor ihrem Tod winkte uns unsere Mutter mit ihrem gelähmten Arm zum Abschied zu, kaum mehr als eine Sekunde lang, dann sank ihre Hand auf ihre Augenlider, als ob sie weinte. Wir sind die noch lebende Generation der Kinder der Kriegskinder, haben selbst bereits eigene und Enkelkinder. Bis heute hat der Krieg bei den nachfolgenden Generationen auf unterschiedliche Weise seine Spuren hinterlassen, auch wenn jetzt Frieden herrscht. Was richtete der sogenannte Kalte Krieg bei den Kriegskindern an? Ist der Wunsch der verstorbenen Autorin und sehr vieler Menschen auf der Erde, den Weltfrieden zu erleben, eine Utopie? Sollte nicht jeder Einzelne aktiv etwas dazu beitragen?

Mit diesem Auftrag hat sie uns, nach meinem Empfinden symbolisch winkend, verlassen.

Auch hieß es, „macht ihr unser Schicksal weiterhin bekannt und sorgt für gesellschaftliche Anerkennung menschlicher Leistungen".

Die Verantwortung mit den dazugehörigen Verpflichtungen und Aufgaben, die Deutschland aufgrund des Erbes seiner Nazivergangenheit zu übernehmen hat, wie aus der Rede des damaligen Bundespräsidenten, Richard von Weizsäcker, am 8. Mai 1985 hervorgeht, ist bis in die heutige Zeit ein aktuelles Thema. Diese berühmte Rede hätte unserer Mutter aus dem Herzen gesprochen, wenn sie in der DDR davon Kenntnis gehabt hätte. Margot selbst fühlte sich durch die häufigen Schulddebatten belastet. In der BRD nahmen diese nach Weizsäckers Rede ab. Unsere Mutter sagte enttäuscht und empört: „Wieso soll ich Schuld haben, ich war Kind, wieso sollen meine Eltern schuldig sein, sie waren Widerstandskämpfer und opferten dafür ihr Leben und davon will heute niemand mehr etwas wissen!" Unsere Mutter sah auch die Kinder der Eltern, die Täter oder Mitläufer waren, nicht als Schuldige an. Wenn sie die Worte von Luise Reddemann[36] gelesen hätte, hätte sie sich sehr bestätigt gefühlt. Für das Totschweigen der Leiden der Kriegskindergeneration sorgte im ehemaligen Arbeiter- und Bauernstaat die SED, vielleicht auch, um das Ansehen der sowjetischen Siegermacht, in unserem Fall der Befreier vom Hitlerfaschismus, nicht zu schmälern. Aber Margot fragte doch immer nach den Gründen für das Entstehen von Gewalt bei allen Menschen, unabhängig von deren Herkunft; darüber dachte sie

---

[36] Zitat aus dem Nachwort zum Buch von Sabine Bode von der Traumatherapeutin Luise Reddemann, die selbst ein Kriegskind war, aus dem Jahr 2004:
„Es gibt verschiedene Gründe, warum kriegsbedingte Belastungen bei den deutschen Kriegskindern kaum wahrgenommen wurden. Der Hauptgrund hat wohl mit der Tatsache zu tun, dass die Bearbeitung dessen, was die Deutschen in der Nazizeit angerichtet haben, im Bewusstsein der Deutschen - und selbstverständlich ihrer Opfer - Vorrang hatte. Und das bleibt auch gültig, es ist nur logisch. Dennoch: Wie jeder weiß, waren die Kriegskinder keine Täter ... Ich möchte eine Hypothese wagen: Man hat uns wissen lassen, dass unsere Eltern ‚Verbrecher' waren oder ‚Mitläufer', jedenfalls keine ‚guten Menschen'. Es hat niemanden, auch uns selbst nicht, interessiert, was das dem Kind - später dem Kind in uns - ausgemacht hat. Wir haben das geschluckt ..." Diese Sichtweise kann auch ich nur teilen. Aber wie muss es meiner Mutter mit den üblichen Schuldzuweisungen zumute gewesen sein: Ihre Eltern ließen ihr Leben im Widerstand gegen Hitler. Dafür haben wir, durch Archivunterlagen und Befragen einer noch lebenden Zeitzeugin, eindeutige Belege gefunden.

selbst im Falle ihres Vergewaltigers, der offenbar ein russischer Offizier gewesen war, nach. Sie war der Meinung, dass kein Mensch als Verbrecher auf die Welt komme, da müsse doch später etwas mit seinem Gehirn passiert sein. Von den hirnphysiologischen und Traumaforschungen im Rahmen der posttraumatischen Belastungsstörungen ausgehend, welche sie gar nicht kannte, hatte sie recht.

Zur Traumaforschung gehört ebenso die Resilienzforschung. Ohne diese zu kennen, entwickelte unsere Mutter seelische Widerstandskraft und Fähigkeiten mit den Schrecken und ihrem Schicksal fertigzuwerden. Sie glaubte fest an ihre Eltern, die sie zu Recht als Helden verehrte, hatte Mitgefühl mit ihnen und mit sich selbst, sie verloren zu haben, auch wenn diese unter den ideologischen Bedingungen in der ehemaligen DDR totgeschwiegen wurden und zeigte in ihrem gesamten Leben viel Mitgefühl mit anderen Menschen. Ich erinnere mich noch daran, wie sie beispielsweise ihren Mitmenschen in Halle-Kröllwitz, die durch den Krieg in besonderem Maße körperlich, seelisch und materiell geschädigt waren, half. Dafür war sie, die angebliche Dissidentin, bei einigen Nachbarn zu Recht beliebt, was offenbar nicht gern gesehen war. Das könnte der Grund gewesen sein, dass wir, im Rahmen zersetzender Maßnahmen, in Kröllwitz keine bessere Wohnung fanden und wegziehen mussten.

Otto und Elly Jäger wurden nach dem Krieg totgeschwiegen, obwohl sie zu ihren Lebzeiten, nach der aktuell vorherrschenden politischen Meinung in „Ostdeutschland", in der „richtigen" Partei gewesen waren bzw. für die Ziele der geachteten Partei gekämpft hatten. Sie wurden von den eigenen Genossen vergessen. Unsere Mutter hörte einst ihren Papa sagen: „Elly, du wirst einmal berühmt." Auch wenn ihrer beiden

Leistungen gesellschaftlich nicht anerkannt wurden, vielleicht um nach dem Krieg Täter zu schützen, war nicht nur unsere Mutter stolz auf ihre Eltern, sondern wir Kinder und unsere Kinder sind stolz auf unsere Großeltern bzw. Urgroßeltern. Das machen wir nicht von einer Partei abhängig.

Selbstverständlich war es trotz der „Politik" für mich richtig, dem Druck meines damaligen Jugendfreundes nicht nachgegeben und die Kontakte zu meiner Mutter nicht abgebrochen zu haben. Dazu hatte ich sie viel zu lieb und sie wäre an einem solchen, von mir politisch erwarteten, Verrat zerbrochen. Auch wenn die dadurch erfolgte Trennung meines Jugendfreundes im Verborgenen noch so sehr schmerzte ... Wir Kinder waren schon immer stolz auf unsere Mutter, was in der Diktatur des Proletariats offenbar nicht erwünscht war.

Die Autorin, Anni Margot Skorupa, setzte sehr viel Hoffnung in die Demokratie und in die Europäische Gemeinschaft. So wie ihr Vater und ihre Mutter, hoffte sie bis zuletzt auf den Weltfrieden und eine bessere Zukunft sowie bessere Lebensbedingungen für alle Menschen, weltweit.

Abbildung 67: Anni Margot Skorupa, Vater mit napalmverbranntem
Kind nach einem Zeitungsbild zur Zeit des Vietnamkrieges 1972, Kohle.

Das letzte Gedicht von Anni Margot Skorupa

Fast „90"

Margot Skorupa

Als meine Kinder
waren noch klein,
da dachte ich,
mein Leben wird bald
zu Ende sein.

Ich machte mir
große Sorgen
um morgen.

Jetzt bin ich
fast „90"
und es lohnt
sich das Leben.
Was wird es mir
noch geben?

Abbildungsverzeichnis

Inhaltsverzeichnis

Auf Nilpferde hört man nicht

Gedichte-Duell zwischen Tochter und Mutter

Ingrid Ursula Stockmann, Anni Margot Skorupa

Dieses Buch vereint Trauer, Witz und Empathie. Dahinter steht eine lebensgeschichtliche Aufarbeitung unglücklicher Ereignisse, schockierender Erlebnisse im Krieg und politisch beeinflusster Lebensbedingungen in der DDR-Zeit. Diese wirkten über Generationen hinderlich. Mit Resilienz ist es möglich, trotzdem vorwärtszukommen und sich nicht durch Hass sowie Verbitterung zerfressen zu lassen. Kommt Talent hinzu, kann auch eine künstlerische und lyrische Aufarbeitung zu einem Kraftquell werden. Das ist Mutter und Tochter gelungen. Margot Skorupa studierte erfolgreich Medizin bis zum Physikum und dem nachfolgenden Semester und glaubte, als Schwangere nicht weiterstudieren zu dürfen. Sie betätigte sich später als Volkskunstschaffende der DDR. Ihr Vater kam kurz vor dem Durchbrechen der Roten Armee in einem Strafbataillon ums Leben. Margots Mutter galt seit den letzten Kriegstagen als vermisst. Ihre erste Tochter verunglückte ohne ihr Wissen. Sie pflegte ihr Kind 50 Jahre lang im Haushalt. Die dritte Tochter, Dr. Ingrid Stockmann, studierte Medizin, wurde Nervenärztin und Psychotherapeutin. Ihr Wunsch, sich in der ehemaligen DDR als Autorin zu versuchen, geriet bei ihr lange Zeit in Vergessenheit. Mutter Margot schrieb ihr erstes Gedicht mit 11 und ihre Tochter Ingrid mit 7 Jahren. Die beiden Autorinnen möchten auch andere Menschen zum Erwerb psychischer Widerstandskraft gegen das „Schicksal" ermutigen.

Ob der „Eid des Hippopotamus" die Gier von Menschen eindämmen könnte, wissen nur die „Nilpferde".

Ingrid Ursula Stockmann & Anni Margot Skorupa

Auf Nilpferde hört man nicht

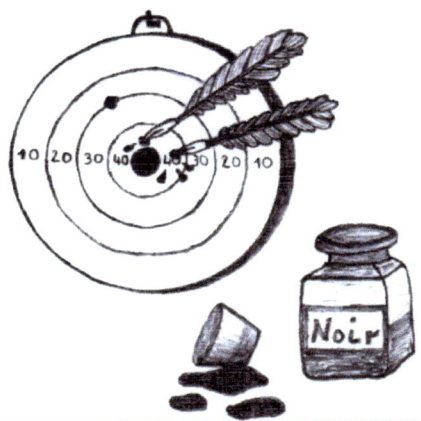

Gedichte-Duell zwischen Tochter und Mutter

Cover-Bild von Bernd Stockmann (jetzt Verleger) unseres gemeinsamen
Buches „Auf Nilpferde hört man nicht".